节气之美·果蔬：正是橙黄橘绿时

花莉敏　著

内蒙古人民出版社

图书在版编目（CIP）数据

节气之美．果蔬：正是橙黄橘绿时/花莉敏著．——
呼和浩特：内蒙古人民出版社，2021.12

ISBN 978 - 7 - 204 - 16285 - 7

Ⅰ．①节… Ⅱ．①花… Ⅲ．①散文集—中国—当代
Ⅳ．①I267

中国版本图书馆 CIP 数据核字（2020）第 018526 号

节气之美·果蔬：正是橙黄橘绿时

作　　者	花莉敏
责任编辑	王继雄
责任监印	王丽燕
封面设计	侯　泰
出版发行	内蒙古人民出版社
地　　址	呼和浩特市新城区中山东路 8 号波士名人国际 B 座 5 层
网　　址	http：//www.impph.cn
印　　刷	内蒙古恩科赛美好印刷有限公司
开　　本	710×1000　1/16
印　　张	12
字　　数	176 千字
版　　次	2021 年 12 月第 1 版
印　　次	2022 年 1 月第 1 次印刷
印　　数	1 - 2000 册
标准书号	ISBN 978 - 7 - 204 - 16285 - 7
定　　价	30.00 元

如出现印装质量问题，请与我社联系。

联系电话：（0471）3946120　3946173

序　言

古人说，不时不食。每一种鲜果时蔬都是大自然的恩赐。

随着世界大融合、科学大发展，现在果蔬已经没了时令的界定，季节的更替也更模糊。冰柜里可以存储各类时令食物，只要味蕾被打开，即刻就能吃到，曾经那种等待的煎熬、期盼已消失。

生活在城市，朝九晚五的作息让上班族开始凭日历过日子，他们脑海里更多地被工作日和休息日"两日"填充，老祖宗留下的二十四节气多出现在年事已高的长者或农人的世界里。

我是一名长在黄土高原、扎根在江南水乡的媒体工作者。作为农人的孩子，幼时的我曾对何时掩瓜点豆、何时春种秋收了如指掌。我的母亲曾将干农活速度的快慢作为评价我们姐妹是否勤劳的标准。我 14 岁时，曾骑着二八大杠自行车将满满一尼龙袋葵花籽载回家。每年国庆节，同父母在农田里忙着收玉米、摘苹果，我的胳膊常被划开一道道红口子。我的童年时代没有布娃娃，也没有机器猫，于是我经常同姐姐妹妹一起挖苦菜、打绿皮核桃、摘西红柿等。

只是韶华易逝，容颜易老，城市化进程以及快节奏的生活让我忙于生计，频繁奔波。饿了从树上采摘梨子，都来不及洗便放入口中的乡土生活渐渐远去。

在江南，我的工作迫使我经常与不同行业的人打交道，报道各行各业新近发生的事情。但我唯独怕接触农业的新闻，原因很简单：江南的农田里没留下我的丝毫痕迹。我担心报道出错，误导观众。我也曾因韭菜和大蒜苗相似的外形而出过洋相，至今被同事津津乐道地调侃着。

现在看来，无论如何我也回不去了，那些采摘瓜果、时蔬的美好画面只能存留在记忆深处了。

遗憾的是，我的孩子虽物质条件较我幼时发生了翻天覆地的变化，但他感受乡间鸡鸭鸣叫、瓜果成林的机会却少之又少。

人们心灵深处对自然的渴望、对大地的情感亟须唤起。

食物始终是人类历史上经久不息的主题，它连接了我们的过去与现在，在记录文化历程的同时，也折射出了当下我们无法回避的来自各种风险的挑战。

于是，2012 年，纪录片《舌尖上的中国》应运而生，并迅速获得了亿万观众的认可。导演用朴素的食物和平凡的故事挑动着食客的味蕾与记忆。

作为一名写作者，一名媒介传播者，我有义务将从黄土高原到江南水乡的饮食风俗传递给大家。本书以果蔬为名，用温馨的笔调、细腻的情感，将田野到菜市场，再到餐桌的种种娓娓道来，既有南北方的文化渊源，又有两地的自然知识、风土人情。

本书通过我的亲身经历，带你一起回溯身边食物的意义，以及 63 种果蔬的性格：苦瓜的清苦，荠菜的甘美，芒果的香甜，胡萝卜的是与非……根据每个节气轮转铺展内容，在每一个当下都与你分享那应景的食味故事。

花娇果美，互为辉映。这是我本人向天空及哺育我们的土地递交的一份自然笔记，让你在汲取知识的同时，也有美的感受。

最后，愿每一次提笔的时光，在你心里都是浪漫。

花莉敏

目 录

第一章
春

　　春，阳光温暖，大地升温，地里的种子苏醒破壳，扎根生长，广阔林野，遍布新绿。此时，以蔬菜解除冬天胃肠之腻气，用水果促进人体之代谢，皆为上也。春为青阳，春为发生，春秋繁露，一元复始，万象更新，一切欣欣然，一切蓄势待发。

第一节 立 春

菠菜：立春日炒菠菜

一年之计在于春，立春乃二十四节气之首。

立春，在老家山西民间又叫"打春"。打春好，春雷一响万物苏，年轮转了一圈，希望在前头呢。过年时家家户户对联横批上所写的"春意盎然""春回大地""春色满园"等字眼就有这样的寓意。

"春日春风动，春江春水流。春人饮春酒，春官鞭春牛。"年过六旬的母亲说，如今这首描写打春后农民打春牛的晋东南地方民谣已经很少有人会唱了，牛耕田的画面更是被机械化所取代。

说到牛，自然少不了田，牛耕田为的就是让人们餐桌上的食物更加丰富。红色根似圆锥、周身通绿的菠菜是老家村民过年餐桌上常见的菜品。在物资匮乏的年代，村民买菠菜待客无疑是因为它的便宜及普通。

不过，这一常见的蔬菜却是两千多年前波斯人栽培的，在唐朝时由尼泊尔人作为礼物送给唐太宗李世民，从此，菠菜便在中国落户了。《随启居饮食谱》中这样记载这一外来菜种：菠菱，开胸膈，通肠胃，润燥活血，大便涩滞及患痔人宜食之。根味尤美，秋种者良。

提起菠菜，20 世纪 80 年代出生的人通常会想到动画片《大力水手》。

卡通人物波派是一个水手，更是我们这代人成长历程中的传奇人物，他有着古怪的口音和强大健壮的小臂，在去往七大洋的航行中，他遇到了心爱的姑娘奥利弗，从此，两个人相爱并幸福地在一起了。不过，两个人的甜蜜生活引起了坏蛋布鲁托的嫉妒，于是布鲁托千方百计要将奥利弗抢走。

在每一集中，布鲁托总是想尽办法要抢走奥利弗，每每在即将得手之际，波派总能得到他的救命符——菠菜。只要吃了菠菜，波派就能补充到足够的能量，瞬间变得力大无穷，布鲁托随之被无敌的波派制服。

"我很强壮，我爱吃菠菜，我是大力水手波派。"这句简单好记的台词也成了那个年代诸多家长让孩子多吃菠菜的顺口溜。

这一点在我们家也不例外。

母亲总爱叨唠一句："闺女，菠菜要多吃点，里面维生素含量很高！"

为了让我们姐妹几个多吃一些，母亲常把菠菜根择掉洗净，把叶杆切成块状，煮到面条里当配菜，这样既不用重新炒菜，又能确保我们姐妹几个的营养。

然而，相对于蔬菜，小孩们总是更期待品尝最香的猪肉、最鲜的带鱼、最肥的鸡腿，瘦小的身体更需要荤菜里的矿物质和微量元素。所以，在孩童时，春节前后，即使是最鲜嫩的菠菜，我也不会主动尝一口，偶尔还会偷偷倒掉母亲夹到碗里的菠菜。这个时候，母亲便会唠叨一句："菠菜豆腐虽贱，山珍海味不换。"但幼小的我当时并不懂，打春前后，走亲访友会有肉菜上桌，所以当然不会理会菠菜了。

等到农历三四月，当地菠菜大范围上市时，在面食之乡长大的母亲会将菠菜稍做加工，做成一道民间面食——拖叶子。

拖叶子，青青的绿色外面裹着一层白色，蘸上由油、盐、酱、醋、辣椒、白糖等熬制好的料汁，光滑爽口，让人百吃不厌。

在江南生活多年，母亲仍不忘拖叶子给她带来的大快朵颐。每每我们外出不在家，她便会给自己做一顿菠菜拖叶子解馋。在她眼里，拖叶子带给她的幸福远比鱼虾肉多得多。

渐渐地，我明白，菠菜，尤其是地方吃法，对身处异乡的人来说，其本身就是一种对家乡的怀念。

无论是立春，还是菠菜，对于每个人来说都有着特别的意义。

春天来了，新的生命、新的希望也即将开始。

春笋：春笋方解箨（tuò）

从古至今，关于笋的诗词数不胜数，"春笋方解箨，弱柳向低风""舍下笋穿壁，庭中藤刺檐""朝晚归家，又烦春笋重叠"等，可见笋的魅力非同一般。

我尤爱这首"少别华阳万里游，近南风景不曾秋。红芳绿笋是行路，纵有啼猿听却幽"。这首略显忧伤的离别诗，作者为戴叔伦，润州金坛（今属江苏）人，唐代诗人，其以大量的五言律诗和乐府诗成为新乐府运动的先导，被后人誉为"诗伯"，同时他还是一名清正廉洁的官员，被奉为一代名臣。

大学毕业后，我有幸来到了"诗伯"的家乡工作并定居。之所以爱它，皆因作为一名新市民的自豪感。

历年来，当地居民以戴公为傲，2007 年，地方政府及戴氏后裔共同出资筹建了戴叔伦纪念馆。

　　漫步在这座江南庭院格局的仿古建筑里，细细品读前厅、正厅、后堂戴叔伦的名诗佳句，以及历代文人墨客纪念他的诗句和铭文，浓郁的文化气息和雅致肃穆的艺术氛围让人对戴公的钦佩感油然而生。

　　和先人一样，小城金坛的居民尤爱吃笋，且讲究立春当日要吃笋，在他们看来，吃了笋，才会更有福。

　　一年四季皆有竹笋，但唯有春笋的味道最佳。

　　在巷口随意找一家小吃店，点一盘青笋，不一会儿，长约 15 厘米的小嫩笋端上桌，鲜美的味道完全被锁住，吃起来又鲜又脆，外加鲜美的笋汤，常让食客欲罢不能。

　　鲜嫩的春笋是最时令的美味，不负春光不负胃。2012 年春天，在姑母的带领下，我第一次提着竹篮，穿过万亩竹海，深入笋园，体会春天挖笋独有的山野乐趣。

　　"露出的尖尖是红色的笋，那种笋才又大又好。"照着姑母的示范，我和表妹如侦察兵一样在园子四周到处觅笋，把铲子插入地里，再把周围的土快速铲掉，没有笋的话，再换另一个地方。如此反反复复，两个小时后，使出浑身解数、满手是泥的我终于挖到了一棵鲜笋。

兴奋至极，我将又大又白的笋捧在手里到处炫耀，夸张的表情、卖力的演技，似乎捡到了宝一样。没承想，一不小心脚一滑，从山坡上滚了下去，白嫩的笋因此受损。

每每回忆起来此番情景都让人捧腹大笑。

竹笋，竹笋，有竹才有笋。

"宁可食无肉，不可居无竹"，作为长三角富庶之地，江浙一带的竹林尤为常见，有南山竹海、宜兴竹海、安吉竹海、双溪竹海等。

立春时节，摘掉口罩，卸下面具，远离雾霾，到宜兴竹海吃小笋，以竹海为伴，来一场"洗肺游"，当是最为惬意的事儿。

进入景区后，一路沿着竹林前行，竹灯、竹椅、竹台、竹门、竹窗、竹屋，过往之处皆有竹。听着潺潺的流水声，仰头看绿色琉璃瓦的楼阁，惊觉这样一家人在一起的画面好久没见了。

"姑娘长大了，我这老太婆能沾到她的光啦！"面对水如镜面、倒映着竹海的镜湖，母亲不禁感慨。

"快把这些地方拍下来，拿手机传给你姐他们看。"坐在精巧的水母亭内，母亲又开始催促我，让我将这种"竹在水中长，水在竹间流"，还能看到水底生物——桃花水母——的奇异景观分享给远在北方的亲人们。

徒步攀登海拔600多米的竹林比想象中更考验人的体力，对于腿脚不大利索的母亲来说更是一件难事。

"我想试试看，我可以爬到山顶。"母亲大口喘着粗气，走走停停，绝不言放弃，其态度如她这一生一样，不管多苦多累，都要咬着牙把我们姐妹四个带大，如今终于熬出了头，可以享清福了。

踏着层层台阶，欣赏着一望无际的竹海，母亲终于爬到了顶峰。

远处竹梢儿轻曳，雨后的竹海更显万千娇媚，甜了大地，醉了天空，温柔了神秘空蒙的大山。极目远眺，清风徐来，山峦沉郁而秀朗，江苏、浙江和安徽三省交界处的美景尽收眼前。

穿梭于山石小径、汩汩溪流间，吹着山风，听着孩子的嘟囔、母亲的喘息，所有的烦恼抛在耳后，原来生活可以如此轻松，正可谓现世安稳，岁月静好，当下即幸福。

樱桃：百果第一枝

按照农历，我国一直把立春作为春季的开始，不过气象学意义上的入春要达到连续五天日均气温超过 10℃ 才行。这五天中的第一天被视为当年的入春时间，所以，什么时候入春都是事后推定的。

国内春寒料峭的天气却是南半球进口樱桃成熟上市的最好时节。

樱桃的英文名是 cherry，即我们今天所说的车厘子，本意珍惜。

近几年，随着世界大融合，生鲜电商、冷链物流等不断发展，让国外的樱桃从果园一路漂洋过海来到中国，虽一路波折，却依然保持着采摘之初的新鲜，带给人们甜美的味道。因此，一箱品相好又新鲜的樱桃是江南一带居民春节招待亲友的必备良品。

在众多水果中，5 岁儿子尤爱樱桃。每每看到摊位前他垂涎三尺的样子，即使价格再高，我都会为他买一些。

暗红色的樱桃个头儿大、皮厚、甜度高，放一个在嘴里，轻轻一咬，汁水经过咽喉流进食道，整个人瞬间清爽起来，室外零下几摄氏度的寒气都无法阻止它带来的喜悦。偶尔孩子将汁水流在嘴巴外面，小嘴四周、鼻子上红红的一片，拿个镜子给他看，他那种误以为自己流血了，又是哭闹又是着急的表情常常逗得家人捧腹大笑。

樱桃含铁量高，被誉为"百果第一枝"。其果实性温、味甜，有调中益脾、调气活血、平肝祛热之功效，多种营养成分含量均高于常见水果。对女性而言，它既可补气养神，又可美白祛斑，是不折不扣的"美容果"。

好吃樱桃的我对生活中一切关于樱桃的事物都投入了较多关注。

电影《樱桃》是一部歌颂伟大母爱的影片，该片讲述了一位名为樱桃的智障母亲一心呵护着她捡回来的女儿红红的故事。

这个母亲没有正常人的智商，却出于本能的母爱悉心呵护着女儿，尽全力为红红着想，只要女儿开心，她做什么都愿意。由于自己的智力缺陷，她常常会被人嘲笑、欺负，但她并不和别人计较。

女儿红红说樱桃好吃，她就想方设法地为她摘樱桃，甚至最后付出了自己的生命。

每每看到主人公冒雨为自己女儿摘樱桃而不慎落入河中的画面，我都会忍不住潸然泪下。"女子本弱，为母则刚"在这部片子中得到了最好的诠释。

孩子生病时妈妈揪心、孩子不爱吃蔬菜时妈妈焦虑，等等，只有经历过，才能体会其中的爱以及养育的艰辛与不易。

与该片同名的还有电视剧《樱桃》，讲述的也是伟大而又细腻的母爱。

樱桃总关情，除了亲情外，樱桃还象征着爱情的美好、幸福和甜蜜。每年春天，天性浪漫的女性常常会想同心爱的男子一起飞去厦门或者武汉，再远一点的可以跨国去往北海道，漫步在樱花树下，赏樱花，看美景，享受唯美的瞬间。当然，观赏的那种樱花树和樱桃树可不一样。

无论是吃，还是寓意，樱桃都给人以美好、甜蜜又幸福的感觉。

第二节　雨　水

海带：肠胃"清道夫"

老家山西离海远，书里写到大海，不免会有些遐想，觉得长大后一定要去海边：赤脚、卷裤管、拾贝、与海浪来回追逐……想着想着，鼻子好像闻到了一股淡淡的咸味。这样的遐想持续了一阵子，我对远方的憧憬也在漂流一样的记忆中变得立体起来。

虽然距离大海较远，能吃到新鲜海鱼的机会不多，但海里的一道蔬菜却是家里能够轻易备上的，那就是海带。母亲善于观察，往往扫一下我的脸色，就知道该做这道菜。

在童年的记忆中，跟着母亲上街是最为轻快的。在市场上鲜海鱼不多见，但海带却常有。墨绿、深绿、翠绿，我对海带的颜色有些好奇："那些海带的颜色不应该跟大海一样是蓝色的吗？"

"傻丫头，海带是蔬菜，你见过蔬菜是蓝色的？"

"也是。那海里长海带，河里会不会长河带呀？"有时，童年的问题不是知识不足，而是想象力在发挥。

"至今没吃过河带，河里应该不长河带的。"民间的说法与书本上的话语是两种语境，前者是经验，后者是生活的味道。

"你要吃点海带，清清肠胃。"这是母亲观察的结果：看脸做菜。每一位细心的母亲都是如此，厨房是她们琐碎生活的单间，却不仅供一人独居。

海带并不是我初次尝到的海味，但可视作家中最日常的海味，这是因为母亲深谙海带的价值。海带是种营养价值很高的蔬菜，能帮助胃液分泌，促进食物消化，清理掉肠胃里多余的废物和毒素。这是书上的表述，而母亲的归纳会简单得多，也精辟得多，甚至还用上了修辞手法——肠胃的清洁工。

海带的碘含量非常高，能预防大脖子病。我在小学里听到过一个案例，隔壁班有个男生脖子稍微有些肿大，据班里同学说，那个男生把海带当零食吃，听起来似乎很夸张。后来那个男生成了我们班的同学，那年，我从未见他带的午餐里有过一根海带，物极必反，估计是吃多了海带。

母亲的辣炒海带丝做好了，姜末蒜粒点缀其间，鲜亮而诱人。这个菜的口感独特而爽脆，一定要趁热吃，而且很下饭。如今我也成为一位母亲，这才明白，原来厨房有着许多秘密。这个秘密便是干海带不好水洗，需隔水蒸熟，再用凉水浸泡，泡发后才能烧着吃，炖排骨也行，凉拌也行。

尽管已经知道许多厨房的秘密，但我依然会感慨自己常常做不出达到母亲水准的菜肴。在遇到孩子挑食时，苦口婆心却收效甚微，尝试许多次，用不同的烹调方法做出不同味道，也极力夸赞海带的好处，但是孩子依旧不为所动。仔细想想，毕竟他也只是一个幼儿园的孩子。

雨水有雨，在农事里是好事，意味着丰收。小时候吃海带的日子也常是天气转暖、有雨相伴的日子。"雨水有雨庄稼好，大春小春一片宝。"对田地来说，"春雨贵如油"。人的心情也会跟着这场春雨而变得好起来。

雨水过后，一次周末，在接孩子回家的路上，孩子突然开口问关于海带的事情。

"妈妈，你知道海带是生活在哪里的吗？它是怎么来到我们的饭桌上的？海带有什么本领吗？"

上课时，一个《海带的故事》让孩子打消了对海带的偏见。第二天中午，我做了一道炒海带，佐以姜末、蒜粒、微辣，同样是母亲在我小时候的做法。我端到孩子面前，他稍有犹豫，之后才往自己碗里夹了几根，放到嘴里嚼着吃掉了。

我和先生对视一笑，也许再不用为孩子的肠胃而犯愁了。

黄豆：篱落紫茄黄豆家

"天街小雨润如酥，草色遥看近却无。"雨水正是九九歌中的"七九河开，八九雁来"时节。

在中国北方，春旱常有，因此老人们会道"春雨贵如油"。晚春时节，倒春寒来袭，西北风呼啸而过的地方，土壤张开了大口，似要迫不及待、贪婪地吮吸来自大自然的雨露，可偏偏不能如愿。

　　每个少女头上都会箍一块或花色或素色的头巾，以防来势凶猛的沙尘伤及自己已经干裂的脸部。

　　干旱让人们口中的食物开始变得匮乏，除了冬季地窖里储存的白菜、茴子白、土豆外，并无其他新鲜果蔬。

　　于是，人们开始打起了易于存放的黄豆的主意。

　　考虑到黄豆较难消化，村民们先将黄豆泡发，分解掉里面会使人胀气的物质，然后成长为黄豆芽，使其蛋白质、维生素等营养物质更易被人体吸收。

　　晋中人爱吃豆芽是出了名的，除清炒、凉拌外，还可以炒面、炒饼、炒不烂子，但凡涉及炒主食，都会将它作为配菜。

　　农家"发豆芽"对节气颇有讲究。雨水前后，天气稍冷，播种尚早，农妇们便往面盆里放两小碗黄豆，用温水浸泡，再拿一块棉布盖在上面，放置在热炕头上。随着温度的缓慢上升，三五天过后，黄豆芽长出来了，白色茎上顶着两片柠檬黄的叶瓣，宛如一个个新生命破土成长。

　　在农人眼里，黄豆芽是黄豆的另一种生命延续。

　　每年农历八月，在秋日的照射下，黄中带黑、成熟滚圆的豆荚随时随地都会爆裂，"啪啪啪"，如此清脆几声后，一颗颗金黄的豆粒被弹出，似在向大地倾吐内心的秘密。

　　这秘密是大地丰收的秘密、农民的喜悦，也是生命的不断繁衍。

　　农人有句朴实的名言："种瓜得瓜，种豆得豆。"如同他们顶着烈日在打场里拿着打镰打黄豆一样，热烈且赤诚。

打场是北方的传统农活，打镰是打黄豆的专用工具。

在农村，村民们喜欢把什么都叫作"打"，比如打谷子、打玉米、打高粱，就连买醋或酱油，也说打醋、打酱油。

在他们心里，"打"是一个干脆且掷地有声的词儿，他们一辈子要同"打"打交道，直到闭上眼睛的那天。

父亲高高扬起打镰，"呼呼"地在空中打了一圈后，落在摊开的黄豆秆上，黄豆开始从豆荚里蹦出来。有的豆粒"玩心大起"，一下子蹦到两三米外的地方躲了起来。

就这样，打镰在父亲的手中扬起、落下、落下、扬起，如此反复不停……

金灿灿的黄豆圆润且饱满，里面深藏着农人对丰收的期盼以及栽种的艰辛，我曾亲眼看到父母俯身将遗落在角落的黄豆一粒粒捡拾起来。

农人不愿意生吃黄豆的另一个原因是"吃黄豆，多屁"。也许这话过于粗俗，但符合科学。黄豆本身含有淀粉，淀粉在体内转化时，会生成二氧化碳，因为二氧化碳不能被人体吸收，所以放屁也是一种排毒的方式。这个俗语背后还有一层是农人对自己的委婉批评和自我激励。植物种子的基本要义是繁衍，而我们吃了下一个季节的希望，生活不是要处于绝望的境地？保留希望的种子，人生才会有目标。

因此，等到来年，你会看到农人将家里硕大、饱满的黄豆挑出来，装到袋子当中，准备播下新的希望。

当然，我的回忆会一直停留在孩童时代，看着农人种黄豆，到了秋天拿着打镰打黄豆。黄豆既是来自自然的美食，也是自然对农人最好的馈赠。

香蕉：傣家寨子别样风情

"头顶香蕉，脚踩菠萝。"雨水过后，当大地莺飞草长，岸柳青青时，小敏和先生来到了祖国的西南边陲——西双版纳，开启了他们的蜜月之旅。

西双版纳，傣语叫作"勐巴拉娜西"，翻译成汉语为"理想而神奇的乐土"。还在飞机上，小敏的思绪就飞到了那片热带雨林，在那里，她穿着美丽漂亮的长筒裙，跳着孔雀舞，累了歇息时，可以吃着菠萝、番木瓜，喝着椰汁，与先生手牵着手看往来身姿婀娜的傣族少女，尽享美好生活。

这趟行程注定有许多的神奇之处。

今天他们要去的是西双版纳傣族自治州首府景洪市的勐海县勐满镇，去感受傣族当地的民俗风情。

大巴车沿城市公路行进20多分钟后，便上了高速公路，只见城市建筑逐渐从视线中消失。没多久，便看到成千上万株墨绿色的香蕉树在风中摇曳。

每一把香蕉果实都用纸包裹着，犹如挂起了灯笼，那场景很是壮观。"口感香滑，味道清甜，皮色青绿，我们西双版纳的香蕉都是天然长成，果实套袋是为了方便存放，大家可以吃得放心、吃得营养。"看着大家好奇的眼神，导游解释道。

"欢迎各位到傣家寨子来旅游，我是我们寨子的文化代表，姓刀。在西双版纳，男性叫猫哆哩，女性叫哨多哩，切记不能喊女性叫'小姐'。在这里，如果有美女听到你喊'小姐'，她会很忌讳，所以大家可以喊我哨多哩。接下来由我带大家进行参观。"地接导游的普通话讲得很流利。

"这里是我们寨子的寨门，两边挂着的布条叫'佛幡'，我们寨子里的人全部信奉南传佛教。"

少数民族讲究居住环境，傣族也不例外。

傣家的竹楼十分奇特，用四根粗壮的柱子支撑着，底层架空，以便房子防潮，同时可以放置农具和交通工具。院子里种着椰子、芒果、木菠萝等热带果树，几只鸭子优哉游哉地啄着米粒，一条狗静静地趴在门口。

上楼时，手扶竹梯，脚踩在上面会发出"吱吱"的响声，宛如当地一舞种——竹竿舞。你得机灵敏捷，踩得足够稳，足够结实，才会不被同行人员笑。

"这里是我们家的客厅，也是我们家平常吃饭聊天的地方。客厅右边是厨房，大家看到的这根柱子在傣家被称为'吉祥柱'，等会儿大家可以去摸摸，这样会给主人带来吉祥，也会给你们带来吉祥。"

西双版纳给你最初的印象是什么？是傣寨佛塔、大象孔雀、热带水果，还是成片的香蕉林？通过这趟蜜月游，小敏发现精彩远不止这些，她最为感兴趣的还是傣家人延续至今的婚嫁模式。

与传统男婚女嫁不同，傣族盛行"女娶男嫁"的赘婚习俗。长久以来的女权主义形成了男人在家烧火做饭，女人在外工作的局面，既有鲜明的时代烙印，又为西双版纳增添了浪漫气息与神秘色彩。

傣家人喜爱女儿，以生女儿为荣。傣族男子在出嫁前，要到女方家里做三年苦力。三年间，男子每天都要砍柴、榨糖、舂米，上山割橡胶或下江淘金。

男子到女方家干苦力的三年内要睡在客厅，不准进女方卧室，且他的腿必须朝向楼梯口，因为随时可以让他走。期间，长辈们会注意男子的表现，只有通过三年考验，才能举行婚礼，嫁到女方家里，与女方正式成为夫妻。

长期生活在山寨中的傣族人民十分尊重知识，重视学习汉族文化。他们偏爱戴眼镜的男子，认为这是文化人的象征。

"右边这位戴眼镜的猫哆哩，你有谈对象吗？没有的话，可以在这里找一位傣族女孩，我们这边很喜欢像你这样有文化的人。"众多游客里，导游唯独挑中了戴着眼镜、外表文绉绉的小敏的丈夫，想让他做上门女婿。

闻此，席地而坐的小敏的丈夫立马站了起来，连连对导游摇头说"不"，一副惊慌、不知所措的样子，逗得在场游客哄堂大笑。从小在北方城市长大的他，在听到"男子出嫁要做三年苦力"时，便开始犯怵，没承想，导游却偏偏看中了他，并想让他扎根在这块神奇的土地，原本他是和妻子小敏度蜜月的，导游为了调节气氛开的一句玩笑，却把这位出来度蜜月的先生吓出一身冷汗。

"甜蜜蜜，你笑得甜蜜蜜，好像花儿开在春风里……"一个神奇的少数民族，一趟美妙的旅行，带给小敏夫妇的将是此生最甜蜜的回忆。

第三节 惊 蛰

青菜：满城青菜香

自打记事以来，自家院子里总会种上些青菜，嫩绿的叶子，清晰的纹路，一棵棵紧挨着扎根在土壤里。清晨的露水挂在青菜上面，青翠欲滴，一副剔透水灵的模样，甚是可爱！

滚滚春雷之后，各式青菜陆续上市。讲究的主人将它摆在货架上，但更多的是，农人将其随意堆在地上，任人挑拣。对主人这样的安排，青菜并不恼，似乎这样更便于它们吐露泥土的清香。

民间俗语有曰："青菜豆腐保平安。"绿油油的青菜与白花花的豆腐，靓丽与灵动交织，绿白搭配总相宜。于是，在轻风柔和的初春，这道菜映照着一个鲜活的日常，也为历经了漫长严寒的餐桌增添了生机活力，香味飘荡满城。

青菜营养价值可谓是蔬菜中的佼佼者。但幼时，我更情愿被花花绿绿的糖果迷住，而厌恶吃青菜，总觉得口感干涩且泛苦，也天真地认为所有小孩都不爱吃青菜，等到长大了便会爱吃。为此，母亲每天变着花样地做，想尽办法吊起我的胃口。

一次，母亲像往常一样哄我吃青菜，我赶紧摇头，立马想逃走，但是她拉住我说："今天的菜可不一样哦！它叫娃娃菜，是一种专给小孩吃的青菜，每一棵都长得胖嘟嘟的，吃了它，不仅可以像娃娃一样可爱漂亮，而且会变得更聪明，身体棒棒的！你想不想变成这样？"

"想！"我犹豫地回答着。就在母亲开心地夹菜时，我仿佛看到了菜娃娃们正挥动着胖乎乎的小手在和我招手。

长大了方明白，五颜六色的糖丸终代替不了青菜的清淡朴素。它淡然的味道像一位深居简出的读书人，像一位埋头于田间的耕种者，有着一份难得的悠然自在。

"最是一年春好处！"每年这时，母亲总会在那片滋养着无数绿色小生命的土壤里撒下一波新的种子。泥土翻新、挖坑撒种、盖土、浇水，末了再覆上塑料薄膜，以减少早晚温差带来的影响。就这样，菜籽有了成长的乐园。

四五天后，种子便发芽了，酥嫩的小绿叶在白色薄膜里透着晶莹的蒸汽，怎一个娇嫩了得！掀掉塑料薄膜，让新鲜的空气透进去，在温暖的春风中以及柔和的光照下，这些青嫩的小生命喝着天降的甘露，尽情地享受着自然给予的无限馈赠！

同母亲种青菜一直是我对童年最深的怀念，那时嘴里的青菜是苦的，但母亲的爱是甜而馨香的。虽然岁月在行走，但是爱的时光却从未流逝。

多年以后，我来到江南，身边已无那些泥土，但我仍愿做那片菜园里的一棵小小青菜，暖和、宁静，沐浴春光，享受雨露。

梨：惊蛰有梨春光俏

　　春日去焦溪赏一场花事已是近年来必须。焦溪，古时叫焦店，源自元末明初，朱元璋塾师焦丙在此设塾讲学，所以称焦店。后来人们为了以水克火，又改焦店为焦溪。小镇不大，却是千年文化名镇，焦溪羊汤、二花脸制成的糟扣肉、脚踏糕滋味儿绝顶好。到了现如今，必得加上焦溪蜜梨。

　　焦溪梨园众多。三月春光里，梨花一水儿开，一年一度的梨花节也到了，吸引了一众游客。学生饭饭家就种了一片梨园，每年农历二月二前后，他都会邀我去他家赏花，一年一次相聚于此。惊蛰节气刚始，古人曰："一候桃始华，二候仓庚鸣，三候鹰化为鸠。"其实惊蛰过后，桃红或可期，梨白更动人。

　　白中带粉的花朵点缀着枝头，有的还是花骨朵儿，耐心等待自己的美丽佳期。站在高处远望，发现自己已经置身于白色的花海之中，春风吹拂，清香沁人心脾，使人沉醉其中。

　　饭饭家的梨园皆由他母亲一手打理。从发芽到结果，她都亲力亲为，细心呵护着她的宝贝。今年，梨花开得旺盛。梨花多预示着果实丰硕，但要真正长得好，那就要限制它的开放。到了为梨花点花粉的时候，老人要拿着小盒子装几两花粉，用棉签蘸着花粉给梨花点花。别小看点花，点花技术的好坏直接关系到果实的长成。点轻了，花粉不够；点重了，会伤害到花蕊。因此，不急不慢，恰到好处的力道才是关键。

梨树需要精心呵护。早上，老人忙完家中琐事，就去猪圈里挑一桶原生态肥料，推着小独轮车去田地里给梨树施肥。日复一日，年复一年。梨的好坏取决于肥料。有许多人在一排梨树边上挖一条小坑把肥料填入埋好，老人却不愿意，说："这样是省人事，可是树呢？营养跟不上啊！"每次施肥的时候，她要先在坑里放上两勺豆饼、半勺化肥，再将其填好。

饭饭的母亲是一个地地道道的农民，从不愿对土地、树木敷衍了事。有一年，由于天气恶劣，导致收成不好。看见自家的梨子大大小小很不均匀，而且小的居多，而别人家的梨又大又均匀，她很是心急。多方打听之下，她才知是他人用了药，她气急了："我们勤勤恳恳种梨，他们偷偷用药。反正卖掉了，不用他们负责。"饭饭父亲在一旁说："明年我们也用不就行了？""做人要厚道，要对得起天地良心。"她板着脸说道。

盛夏时分，我总能收到饭饭亲自送来的梨。虽然小伙子刚上大学，但身上却有着与众不同的朴实，在地里忙了一季，他早已被晒得变了个色号，但在我看来，却分外帅气。

他们家的梨不是顶漂亮的，却极富内在美。皮薄、肉白、汁水多、个儿大，果肉还特别细腻，核小不说，从果肉一直吃到核都是甜蜜蜜的，没有一丝酸味。那个汁水多得只要牙齿碰到就流出来了。

　　他们家农忙时节我去过几次。蜜梨易受伤，他们小心翼翼地将梨采下运回家，剪去梨柄，套塑料膜，然后装箱。一家人齐心协力，看着树上的梨慢慢卖光，那感觉甜到了心里。而每年此时，饭饭的朋友圈里总会晒上几张母亲劳作的相片，他是真心感谢和心疼母亲为这个家的付出。

　　机械化给农民带来了极大的便利，使得农民从繁重的农业体力劳动中解放出来，彻底改变了"面朝黄土背朝天""日出而作，日落而息"的生活方式。可是，有些人就是不愿改变这种方式，他们更愿意将自己的汗水奉献给自己心爱的农作物，勤勤恳恳，一丝不苟。

　　自惊蛰始，万物生长，梨花盛开，洁白如皎月。老母亲戴着草帽在田间劳作的身影将会是这个男孩一生最怀念的画面。

蒜薹：小蒜薹，大文章

　　惊蛰前后，春雷始鸣，昆虫萌动。俗语云："过了惊蛰节，耕地莫停歇。"

　　吹吹风，散散步，赶走藏了一个冬天的慵懒，呼吸着春天的气息。这一天对于山东莱芜女孩儿木子来说，最重要的是自己下厨做一桌素食，抚慰自己对大鱼大肉腻烦了的胃，以最美丽的心情迎接春天的到来。

　　蒜薹炒鸡蛋是必备的美食，蒜薹独特的清脆鲜香尤其能衬托鸡蛋的鲜嫩，最家常，也最诱人。

木子一口菜，一口饭，吃得津津有味。

"今年蒜薹销路很好，收购价达到了1.5元，多亏了你啊，这年头还是要读书，读书有用。"饭后，躺在床上的木子接到了合作社社长三福打来的电话。

这一切的改变还得从两年前的一个电话说起。

两年前，在国企上班的木子接到了父亲的电话，言语不多，却一直叹息。

木子记得，那年春天，天气一直不太好，忽然暴雨如注，在雷声里，当年的惊蛰如约而至。

事后，她从母亲处得知父亲叹息的原因，原来是蒜薹的行情不好，年年亏本，一斤蒜薹在城里卖5块钱，到了他们村里，收购价每斤只有0.5元，且供大于求，收购商挑选严格，品质稍差的，白给都不要，一些农民种的蒜薹被迫烂在了地里。

菜贱伤农，那一刻，木子真正体会到了当中的滋味。

她仿佛看到满脸皱纹的父亲一个人坐在门槛上，一根接一根将烟蒂摁在地上，这位面朝黄土背朝天的男子汉要强了一辈子，现在内心却有说不出的苦楚。

思虑再三，木子决定放弃高薪，回乡创业，以村委会为单位成立专业合作社，发展乡村经济，使农民抱团发展，风险共担，利益共享。

这一决定犹如阵阵春雷，在木子家炸开了锅，震出一阵耳鸣，一阵眩晕，遭到了全家人的一致反对。

奈何木子决心已定。

说干就干，很快，她联合村委会一起组建了合作社，并有了明确分工。

菜农只需负责种植，每年蒜薹上市时节，由村委会组织进行集体收购卖到全国各地，确保农户每亩地都有保底价，但是这看起来百利无一害的做法仍然遭到了大量菜农的反对。

为让老乡转变传统的销售观念，一方面，木子同技术人员整天奔波于田间地头，从选种、播种、覆膜、施肥、病虫害防治等到蒜薹收获，一步步做给大家看，让他们看到标准化种植带来的高产和优质；另一方面，合作社还定期对菜农进行专业培训，让他们在家门口就能学到最新、最直接的技术。

当年的蒜薹产量每亩达到了 1800 斤左右，质量上乘且病虫害稀少，收购价格每斤 2.8 元。

一把把脆生生、绿油油的蒜薹在菜农的笑声中装上车，在就近的收购点就可换成票子，菜农们喜悦的心情溢于言表，这次每亩蒜薹的收入较之前翻了两番。

为了让蒜薹逆市而上，合作社还兴建了蔬菜保鲜库，避免了丰产不丰收、高价不高产、盲目发展的现象。

说起木子，菜农们纷纷竖起了大拇指，称赞她是个敢想敢干的好姑娘，正是她的努力，让蒜薹种植有标准、销售有渠道、价格有保障，帮菜农走出了一条有品牌、有品质、有特色的高效现代农业之路。

而这一切都得益于木子当时那个回乡创业的决定，一声春雷炸出了幸福，让全村村民一起富裕了起来。

第四节 春 分

莴苣：懂了遗憾，就懂了人生

在很多国家，春分是年复一年的起点。在中国，人们对春分、春天的感念一言难尽。朱自清曾写出少年或"少年中国"的春怀："燕子去了，有再来的时候；杨柳枯了，有再青的时候；桃花谢了，有再开的时候。但是，聪明的你告诉我，我们的日子为什么一去不复返呢？"

当年的我也一直问自己，为什么是在这个开启一年计划的时候，将一个孩子的梦永远地惊醒。

青青妈妈端上来几道小菜，我们简单地用了餐，摆在我面前的这道菜看起来特别陌生，微微有些苦涩，却并不难吃，反而有种开胃的爽口。

看我盯着这道菜，青青妈妈道："李老师，这是莴苣的叶子，丫头早上去采回来的。"

一瞬间，很多字眼涌入我的脑海，那娟秀的字写就的趣味十足的日记里最常提到的便是和莴苣有关的内容。莴苣丝儿可凉拌，可煲汤。春分时节，莴苣正当季时，采下上面最嫩的叶子，焯一下水，去掉几分苦涩，凉拌着吃，是她记忆里家乡的味道。

我沉默了半晌，问道："丫头的事儿不能解决吗？回去的话，孩子可怎么办哪？"

青青妈妈双手在围裙上搓着，低下头看着衣服上的花纹："李老师，我，我也是没法子！"

"不管怎么样，即使你们准备把她送回老家去，学校关系转回去之前，青青也得回学校上课。"我着急地劝道，"青青去了哪里？我想和她聊聊。"

"她，她这几天都住她姨家里，不回来。"青青妈妈突然抬头道，"老师，我知道你对我家丫头好，可我们命不好，以后她回去了多半也是上不了学了！你就不要管了！"

我愣住了，想起日记里和青青的那些温馨互动，她和我聊起梦想，聊起自己看书时的感悟，聊起人生，我竟无法去想象，这样一个孩子的翅膀断了将是何种模样，心不由自主地痛了起来。

突然，外面有响动，青青家在这边包地种葡萄，这个时间不可能有外人，一定是青青。

我站起来冲出门外，看到一个穿着素净的小丫头正往远处跑去。她回头望向我那惊慌的眼神刺痛了我。

我不知道她经历了什么，我只知道我一定要追上她。

我不知道自己越过了多少个田埂，高跟鞋在泥地里陷了又陷，断裂在即，脚也扭伤了。乡野的田埂和泥地真的不好走，我这样一个运动能力差的人又如何跑得过常干农活且年少的丫头。

最终我没能追上她，在初春的这个下午，她消失在了我的视野中。孩子，我没想到那是我最后一次见到你，而且只是背影。

我沮丧地回到那个破旧的草屋里，拿起包，回了学校。

过了几日，青青妈妈来为她办理了退学手续，看着她因为生活的压迫而憔悴苍老的脸，我竟不知再说些什么。

那天是周三，我最爱、最期待的莴苣鸡蛋炒木耳都没有调动起我的情绪，我无法抑制地想起这个女孩，因为母亲再嫁，所以被迫辍学回老家和爷爷奶奶生活，我知道她为何不想见我，因为见我一次，便更痛一分，她明白回到爷爷奶奶身边是她唯一的选择。

时至今日，我依然很喜欢莴苣鸡蛋炒木耳，这道菜被朋友称为奇葩组合。虽然笑闹有之，然而每每看到它，我便想起十年前刚走出校门的自己，想起那些我心爱的孩子们，少年时便不得不承受无奈与痛苦……这些就如同那莴苣叶，鲜嫩却带着苦涩。

令我遗憾的是，我没有机会为他们做些什么。唯一值得庆幸的是，我曾在那些厚厚的日记本上写过长篇的心语，与他们日复一日真心地交流过。

有一天，她想起的时候，文学的种子便发芽了，她将再次成为无坚不摧的青丫头。

荠菜：挖荠菜，赏春花

一声春雷叫醒了酣睡的春。春分过后，天气进入了温风如酒的醉人时节，草木复苏，繁花似锦，冬眠的大地醒了过来，人也跟着精神了许多。

二月二，挑荠菜，这是老家农村的习俗。

荠菜是乡下常见的野菜之一。二月二的荠菜储存了冬的能量，散发着春的气息，风味独特，可炒食、凉拌，也可做菜馅、菜羹等，吃起来开胃败火。

我幼时常挎着小竹篮同奶奶去挖荠菜，荠菜相继从山坡上、果园里或田间地头一丛丛、一簇簇钻出土层，嫩绿的叶子迎风摇摆，为干燥已久的大地抹上了一片鲜绿，春就这样悄悄来到了人间。

"奶奶，我又找到荠菜了，赶快过来挖。"每每找到绿油油水灵灵的荠菜，我都会大呼小叫。

"好啊，马上就来。"奶奶乐呵呵地说。

对于孩子来说，玩总是大于一切。难得出门一趟，我会在山坡上跑上跑下，一块碎石头、一只花蝴蝶都能成为我开心跑跳的源泉。奶奶教我如何辨认荠菜，如何用一指多宽的小铲子挖荠菜，可是我一句也没记住，于是挖荠菜总是不得要领，一不小心就会把荠菜铲碎，荠菜的叶片随之散落下来。

鲜嫩的荠菜带回家后，全家人忙活着包馄饨。择菜是个慢功夫，要一根一根地择捡，着实考验人的耐性。

捡完后，奶奶把荠菜放在锅里，用开水一焯，捞出来控干切碎。切荠菜、韭菜，炒肉馅、调馅子等，整个流程下来，大家忙得不亦乐乎。

大人们在包馄饨，我则像个跑腿的"勤杂工"，把包好的馄饨有序地摆放在一米宽的竹编篮里，有时还像一名监督员，随时提醒大家注意质量，屋里洋溢着浓浓的亲情和温馨。

一家人齐心协力忙活了大半晌，荠菜馄饨终于出锅了，一盘盘热腾腾、香喷喷、白花花的馄饨呈现在我们面前。吃着自己亲手制作的美食，品着自己上山挖回来的荠菜做成的荠菜馅儿馄饨，胃里倍感舒服。

"油菜花在咱村里到处都有，你非要去那么远看油菜花，那不是浪费钱吗？钱得省着点花，丫头。"一路上，奶奶的唠叨不绝于耳。

"去了您就知道了，您不是喜欢花花草草吗？"我笑嘻嘻地回应道。

在农村生活了一辈子的奶奶对乡野有着独特的感情。"一花一世界，一叶一菩提"，在她眼里，万物皆有灵性。

2015 年农历二月二过后，天气渐暖，我带奶奶来到了江西婺源，感受别样的乡野生活。

走进婺源江岭和篁岭，漫步于乡村的石板路，穿过溪河的石拱桥，粉红的桃花、洁白的梨花与层层金黄的梯田油菜花、白墙黛瓦的民居交相辉映，一幅幅唯美的天然画卷跃然眼前。

遍野的油菜花让人似乎走进了另一个世界。

闭上眼睛呼吸，空气中弥漫着油菜花的香味，周围散发着泥土的气息，忽然想起陶渊明的诗："久在樊笼里，复得返自然。"

静静地感受，你能看到油菜花在你的世界里次第绽放，悠悠地散发着馨香，花粉染黄了你的头发、鼻尖、手掌，还有你新换上的鞋子。这一刻，你什么都不愿想，"钟鼓馔玉不足贵，但愿长醉不复醒。"

夜晚的徽派民宿处处洋溢着安逸和温暖，奶奶的脸上笑开了花，直言："太美了，没想到我这老太婆有生之年还能看到这么多美景，死了也无憾！"

"谁说的，奶奶您一定会长命百岁，我还要带您看更多的风景，去更多的地方。"说着，我的眼泪流了下来。

岁月不居，时光含香。

如今，奶奶已故去，我也离开了故乡。想起和奶奶一起挖荠菜、包馄饨，以及一起看油菜花的画面，我便会想起那段难忘而幸福的时光。

桑葚：桑果铺成满地诗

漂泊在外的人们总有这样的感觉：不能让自己闲下来，否则就会感到空虚和恐慌。这里没有避风港，没有人给你撑腰、壮胆，你必须很努力，才能在这个城市生活下去。

自大学毕业来到他乡打拼后，方岩便经常经历这样的寂寞。

春分，斗指壬，太阳黄经为0°，春分日，太阳在赤道上方。这是春季90天的中分点，这一天，南北半球昼夜相等，所以叫春分。

这天以后，太阳直射位置便向北移，北半球昼长夜短，所以春分是北半球春季的开始。

2018年阳历3月21日，农历二月初五，春分时节不冷不热，花红草绿，人心舒畅。

春分节气过后，母亲从老家来照顾方岩，一起陪她迎接小生命的出生。

母亲在的那段时间是方岩过得最幸福的日子。到家后，看到餐桌上热腾腾的饭菜、切好的水果时，她开始变得感性，情动之处还会悄然落泪。

"你们小区附近200米处，有一棵桑葚树，等过段时间桑葚变红了，我摘给你吃。"一天下班后，母亲突然对方岩说。

"桑葚树？你确定没看错？我在这儿住了几年都不知道有……"外乡两点一线的打拼生活已经让方岩缺少了发现生活美的能力。

说起桑葚，方岩小时候便听过"蔡顺拾葚孝养母亲"的典故。

蔡顺，东汉人，少年丧父，兄妹几人便对老母亲更加孝顺。当时正值王莽之乱，又遭遇饥荒，柴米昂贵，只好捡拾桑葚来充饥。一天，他们偶遇赤眉军，赤眉军问道："为什么把红色的桑葚和黑色的桑葚分开装在两个篓子里？"蔡顺回答说："黑色的桑葚供老母亲食用，红色的则留给自己吃。"赤眉军怜悯他的孝心，便送给蔡顺两斗白米、牛蹄一个。

如今，再次提起桑葚，她仿佛看到小时候母亲踩着梯子站在高处摘桑葚，她在树下面拿着篮子欢呼雀跃的画面。

村子里的桑葚树几乎无人看管，5月中旬，桑葚果由青绿慢慢变红，再到红得发黑，垂挂在枝头，惹得诸多孩子流口水。

一阵轻风吹过，摘一颗个儿大、肉厚、熟透的桑葚果放入嘴中，甜香的感觉顿时传遍周身。

每次吃完，嘴角四周、舌苔都会被桑葚汁染红，有时衣服也会被染红，母亲总是笑她像个"丑八怪"。

桑果还未成熟时，方岩会养几只蚕。

桑叶是蚕的粮食。早在三千多年前从商代出土的甲骨文上就有了"桑"

与"蚕"的字样，可见桑历史悠久，早早地与中国文化发展紧密联系在了一起。

蚕是一种娇贵的动物，对生存环境极为挑剔，既怕干，又怕湿，既怕冷，又怕热。如果环境不够舒适，它就会表现出一副无精打采、病恹恹的样子，如果粗心的主人没仔细观察到这一变化，用不了多久，蚕就会慢慢地死去。

自然养蚕也是一件费心的事儿。

小学时，方岩每天下午放学后都会去村东南摘桑叶，完整的桑叶呈心形，顶端微尖，边缘有锯齿。叶子较老时，颜色会由黄绿色变为暗绿色。为了防止桑叶水分流失，方岩每次都会将采好的 20～30 片桑叶装在袋子里，并拿绳将其吊到地窖里以便更好地储存。

抓起湿漉漉的桑叶，甩甩水，喂给蚕，"沙沙沙"的声响犹如阵阵春雨声。蚕宝宝昼夜不停地吃桑叶，生长得也非常快，所谓"蚕食鲸吞"大概就出自于此吧。

呆萌的蚕宝宝着实惹人喜爱。这不仅与它洁白干净的身体有关，更重要的是它能将桑叶转化为洁白的蚕丝。当它们头部的颜色变成黑褐色时，表明它们将要蜕皮。蚕完成第四次蜕皮后，其身体会变为浅黄色，皮肤也变得更紧，这时它们会用丝来包裹自己，让自己变成一个长形的茧，没错，它们将在茧中变态成蛹。

蚕的一生是短暂的，它们要经历蚕卵—蚁蚕—熟蚕—蚕蛹—蚕蛾五个阶段，前后不过两个多月时间，这就是蚕的生命史。

桑葚、桑叶、蚕，蔡顺的孝心，蚕的无私奉献，母亲赶赴千里的悉心照顾，浓浓的血脉情让方岩感慨、迷恋。

正如那句：春风十里，不如有你。

第五节　清　明

山药：春和景明，绵山品寒食

"乌啼鹊噪昏乔木，清明寒食谁家哭。"清明是中华民族最重要的祭祀节日之一，始于周代，至今约有两千六百年历史。

对照节气，以养肝为主的清明应多食一些利于肝脏生发、疏泄、养阴的食材，适当"增甘"（即多食甜食），顺应春天养生生机。

补气而不壅滞上火、补阴而不助湿滋腻的山药是山西介休一带居民的餐桌必备。

食山药无外乎两个原因：第一，山药在当地十分常见；第二，与当地清明节吃寒食有关。

要谈清明节，需从一个节日——寒食节说起。

绵山是山西乃至全国最有名的景点之一，更是清明节（寒食节）的发源地，最高海拔约2560米，是太岳山的一条支脉。

绵山因春秋时晋国介子推携母隐居被焚，死在山上而得名，所以又名介山。

相传春秋时期，晋公子重耳为逃避迫害而流亡国外，流亡途中，来到一处渺无人烟的地方，他又累又饿，再也无力站起来。随臣找了半天也找不到一点吃的。正在大家万分焦急的时候，随臣介子推走到僻静处，从自己的大腿上割下了一块肉，煮了一碗肉汤让公子喝了，重耳渐渐恢复了精神。当重耳发现肉是介子推从自己腿上割下的时候，流下了眼泪。

十九年后，重耳做了国君，也就是历史上的晋文公。重耳即位后，重赏了当初伴随他流亡的功臣介子推，然而介子推不求利禄，而且最鄙视那些争功讨赏的人。于是他打好行装，同母亲悄悄到绵山隐居去了。

晋文公听说后，羞愧莫及，亲自带人去请介子推。怎料绵山山高路险，树木茂密，找人难度巨大，于是有人献计，从三面火烧绵山，逼出介子推。

大火烧遍绵山，却没见介子推的身影，火熄灭后，人们才发现背着老母亲的介子推已坐在一棵老柳树下死了。晋文公见状，恸哭。装殓时，在树洞里发现一血书，上写道："割肉奉君尽丹心，但愿主公常清明。"

第二年，晋文公率众臣登山祭奠介子推，发现老柳树死而复活，便封老柳树为"清明柳"，并晓谕天下，把清明节的前一天（即介子推被焚的日子）定为寒食节，这天不许烧火，家家户户只能吃冷饭。

"介休"因此而得名，意为介子推休眠之处。如今，在绵山建有中国寒食清明文化研究中心、中国寒食清明文化博物馆等以示怀念。

当地人为了纪念忠诚孝义的介子推，精心研制了多种特色寒食，如子推蒸饼、子推燕、麻糖、贯馅糖等。其中多数寓意深刻，如祭食蛇盘兔，用面粉捏成蛇和兔子的形状，蛇代表介子推的母亲，兔子代表介子推自己，蛇和兔缠绕在一起，用来表达孝道之心，寄托了人们追求富裕、美好生活的向往；子推燕则取介休方言"念念"，意在提醒后人不忘介子推高风亮节的情怀。

蓝莓山药是春季里既美味又养生，且老少皆宜的冷菜，与其说是冷菜，还不如说它更像饭前甜点，吃起来酸甜可口。

在寒食节，邀几位友人到挂有玉米、辣椒等简朴别致的庭院小聚，点这样一盘冷菜，韵味独特。

现如今，伴随着岁月的流逝，寒食节静静地融入清明节，介子推所代表的封建愚忠思想也已沉入历史长河，不过寒食节所代表的人们对忠诚、廉洁、政治清明的期许却是千年如一。

莲子：踏春郊游也清心

南方的春天气候干燥，鼻腔咽喉常因此而苦受煎熬。一碗浓甜润滑、美味可口的银耳莲子羹当属防春燥的上乘甜品。

"出淤泥而不染，濯清涟而不妖""低头弄莲子，莲子清如水""鱼戏莲叶间，参差隐叶扇"，从古至今，关于莲的诗句有很多，无论是中通外直的荷藕，还是香远益清的荷花，抑或是亭亭玉立的荷叶，均出自一粒平平淡淡的莲子。

不过，起初，宋怡并不喜欢吃莲子，原因无外乎它性味苦寒。

喜欢上它，源于一次爬山。

清明处在仲春与暮春之交，冬至后第108天。这时气温回升，降雨增多，正是春耕春种、出游踏青的好时节。

位于江苏溧阳、句容和金坛三县市交界处的瓦屋山和丫髻山一直是周边南京、扬州、镇江驴友徒步的好场所。今年清明，风和日丽，气候宜人，宋怡决定和三位闺蜜一起去爬山，挑战极限。

丫髻山属茅山山脉南部余脉，古称丫头山、鸦髻山、丫仙山、丫山等。主峰海拔约410.6米。

在当地，自古以来流传着关于丫髻山的美丽传说。传说山下有一块好地，风水先生说这是龙地，葬在龙地上的墓主，其子孙要出皇帝。此事传到京城，于是皇上派人去除掉威胁自己的墓主后人。身怀有孕的墓主后裔在逃难的路上，肚子里的婴儿说："把丫髻抛在身后即可脱难。"母亲照做了，丫髻落地后，突然变成了一座大山挡住了官兵，于是最后母子平安了。后人把这座山叫丫髻山，寄托了人们对美好生活的愿望。

每年清明，山上竹林泛绿，松树黑黝黝，像极了髻上的发丝。

野道激情探险，山脊丛林穿越，激发你的潜能，挑战你的极限，宋怡对此次出行充满了期待。

"你第一次爬山，要准备好登山鞋、登山杖、手套等。"临出发前，闺蜜来电话提醒宋怡爬山所需准备的辅助工具。

"没事，山的海拔也不高，我比你们年轻，体力好，就不准备了。"宋怡仗着自己年龄小，拒绝了闺蜜的善意提醒。

真正迈开步子上山后，宋怡惊觉，爬丫髻山的难度要比想象中的大太多。一是因为山陡，倾斜70°左右；二来山中空气湿润，山道较滑且没有着手的东西，每走一步都难以控制，稍稍站不稳，就会出现打滑的现象。

一开始，宋怡还可以直着身体往上走，然后就要慢慢地弯下腰了，而且

越往上爬，难度越大，山势也越来越陡，有树枝的地方还可以借一下力，没有树枝、山路较陡的路段，她只好手脚并用。

宋怡气喘吁吁，小脸通红，咽喉干燥，走走停停，深一脚，浅一脚，后悔没有听闺蜜的话，没带爬山装备。

"宋怡，你现在就像一只小乌龟，照这样爬，什么时候才能登顶？来，我的登山杖给你。"

"我只是低估了爬丫髻山的难度。"宋怡一边接过登山杖，一边找借口否认是自己体力不支的原因。

两个半小时后，四人终于到达顶峰，"一览众山小"的感觉令人心旷神怡。未经大范围开发的丫髻山山清水秀，鸟语花香，青山翠竹碧水相映成趣，晌午时分更散发着迷人的光辉；山下，依山而建的晶阳山庄则如一颗璀璨的明珠，秀雅端庄，静谧华贵，静静地为丫髻山增添了些许韵致和风采。

"来喝一碗莲子羹，你快要着火的咽喉会轻松许多。"到了餐馆，闺蜜细心地为宋怡点了甜品。

"是很好喝，原来我妈说的莲子清心解热、滋养补虚的功效一点都不假，我得再喝一碗。"

"下次还要爬山吗？"

"当然要爬了，有美景，有美食，还有美人，这么好的放松活动自然不能少了我。"

在欢声笑语阵阵嬉闹中，宋怡和三位闺蜜一起沐浴着融融暖日，双颊飘霞，谈笑风生，别有一番甜蜜在心头。

草莓：香甜惹相思

"我梦到我爹了，梦里他被一群人围攻，躲在一个角落里，我看到这样的场景，吓得哇哇大哭……"早晨起来，我对母亲说。

坐在椅子上的母亲起身翻了翻日历，说道："再过几天就是清明了，你爹应是想你了，所以托梦给你。"

有人说，节气不单单是日历上的某一个日子，而是一种对天空大地体贴入微的感受，是一种对自然万物的真心敬畏，是一种对五谷丰登的美好期盼，更是一种对逝去时光的情感追忆。

譬如，清明。

"清明时节雨纷纷，路上行人欲断魂。"在印象中，清明节这天只有风飒飒、雨潇潇，才能显示出淡淡悲凉和哀思的味道来，也才能应和古诗的意境。

讨喜的红，咬一口全是甜蜜的草莓与充满忧伤的清明有何关联？

草莓是父亲生前最爱吃的水果之一。2012 年冬天，父亲病重时，我曾在机场买过 40 块钱一斤的草莓。

回到家，看到又大又红的草莓，父亲只是吃力地点点头，却再也没有尝一口的勇气。看到这一幕，眼泪瞬间溢满了我的眼眶。

读初二那年，父亲在自家菜园里移栽了几株草莓苗，他时不时就会拿着小水缸，悉心地在草莓苗周围浇一些水。农历三月，草莓由小变大，由硬变软，由绿变红，似一盏盏小红灯笼，清香且诱人。由于它茎秆支撑不住，因此总有几颗草莓偷懒，紧贴地面躲在大地妈妈的怀里撒娇，色泽也相对差一些。

这些偷懒的小草莓像极了幼时的我，疯狂地享受着父母的宠爱。那时，父亲常把采摘好的草莓藏起来，等我回家时悄悄拿给我。看着我吃，他的口水咽了一次又一次，当我把草莓放入他嘴里时，他又笑得眼睛眯了起来。

可我并没有想到，他会突然离开人世。

人到中年，已经历了一些不可避免的生离死别。也许生者总会不断成为逝者，然而至爱亲人，即使再久，他们的音容笑貌始终活在我们的记忆里。

2017 年清明节，远在他乡的我又一次来到了父亲的土坟前。

土坟的模样一如出殡时的样子。四周栽满了苹果树，坟头上的柳枝开始抽出新芽，旁边有一条路，弯弯曲曲，歪歪扭扭，很像人这一生的脚印，我知道那是平时姐姐们替我尽孝踩出来的。

她们也同样思念天国的父亲。

那天，我们姐妹几人一起上了供果，燃了纸钱，洒了酒，点了三支香烟插到坟头。

跪在坟前，我告诉父亲家里房子、母亲、孩子的情况……即使父亲已经逝去五年，但是我的眼泪仍止不住流了下来。

父亲是我这辈子的坎儿，放不下，迈不过去，因为我内心对他充满了想念。

今年清明，被琐事缠身的我没有机会回故乡到父亲坟前磕头，但我会带上草莓、纸钱，在十字路口为远方的亲人点支香。

"燕子来时新社，梨花落后清明。"也许，正因儿女的哀思，以及亲人的怀念，才让清明节成为一个流传千年的日子。在这一天，无数在外的游子从四面八方奔赴归来，一解哀思，慰藉心灵，然后继续面对生活中的苦难、欢笑。

人生苦短，生命无常，珍惜每一次与亲人团聚的时光，用心生活，努力去爱，生命才不会有太多的遗憾。

我想，这才是清明的真正意义吧。

第六节 谷 雨

香椿：吃春，食出暮春味

四月的午后，我一直在等和风中带来的丝丝清香。在房前的树下，我踮着脚尖，寻找蓝天中闪出的暗红……

谷雨是春季最后一个节气，也是唯一将物候、时令和稼穑农事紧密对应的节气。

江南谷雨有摘茶的习俗，而在北方，谷雨这天则要"吃春"，即食香椿，寓意迎接崭新的春天。

吃了一整冬的萝卜白菜，香椿可谓是换换口味的绝佳时蔬，若是错过了，便只能再等一年。

叶厚芽嫩，绿叶红边，犹如玛瑙，香味浓郁，谷雨前后的香椿不仅诱人，而且醇香爽口，有"雨前香椿嫩如丝"之说。老北京也有古话留下："雨前椿芽嫩无比，雨后椿芽生木体。"最好的香椿是在谷雨前后，关于这一点有据可循：此时人体的脾正处于旺盛时期，带动着胃也强健起来，适宜吃能调节情绪、利于营养吸收的食物，香椿芽含 B 族维生素较多，恰好有此功效。

谷雨前的香椿芽应吃早、吃鲜；谷雨后，其膳食纤维老化，口感乏味，营养价值也会大大降低，且亚硝酸盐含量增加，对身体无益。

"三月八，吃春芽。"中国人食用香椿久已成习，汉代，香椿就遍布大江南北。当温暖的春风拂面而来，香椿树发芽了，农家把嫩紫或淡绿色的椿芽掰下来，拿到市场上叫卖，喜欢"吃春"的人们争相购回家中，品尝春天的香甜。

"近水楼台先得月"，老家的房前有一株香椿树，每年一到春季，我便早早准备好了钩子，时刻准备拿它扒下嫩嫩的香椿芽子，或幻想着长一对翅膀让我整日栖息在树上，静待香椿芽由小变大，以满足肠胃的日思夜想。

然我急，树不急，淡定的树干整日挺着干枯的枝杈在蓝天中彰显它的沧桑与稳重，迟迟不吐芳香。

不过食香椿也有讲究，《食疗本草》载："椿芽多食动风，熏十经脉、五脏六腑，令人神昏血气微。若和猪肉、热面频食中满，盖壅经络也。"老北京人深谙此道，于是，新鲜的嫩芽多用来与鸡蛋同炒，或在沸水中焯过后凉拌。鲜香脆嫩的香椿炒鸡蛋、香椿拌豆腐、煎香椿饼总是令人难以忘怀。

香椿还有个胞弟，叫臭椿，兄弟俩虽树干通直高大，春季嫩叶均为紫红色，但臭椿的味道更浓，臭气扑鼻。与兄长树叶成为食客口中的美食功效不同，臭椿是很好的观赏树和行道树，因其具有良好的抗烟能力，也是北方工矿区绿化的首选树种。无论是香椿，还是臭椿，它们都默默无闻，各司其职，悄悄地为人类做着贡献。

对于司空见惯的乡里人来说，野菜自然不觉得新鲜，不过，香椿算是例外，这样纯天然绿色的美味，乡里人和城里人一样都会等着。不论是尝鲜，还是轧闹猛（吴语，将趋时、凑热闹、围观、管闲事等称为轧闹猛），它的出现都为平淡的生活增添了一抹亮丽的色彩。

谷雨前后吃香椿，许是人们为了留住暮春最后的滋味吧。

蚕豆：四月蚕豆香

谷雨前后，埯瓜点豆。

谷雨是春季最后一个节气，谷雨节气的到来意味着寒潮天气基本结束，气温回升加快，大大有利于谷类农作物的生长。

盛开的油菜花被前几天下的雨打落得差不多了，农田的色彩从原先的金黄变成了现在的墨绿。最近的天气总是变化无常，今天晴空万里，穿件长衫都嫌热，明日就乌云密布，穿上棉袄都觉冷。

带孩子在外面吃完午饭，沿着马路往家走，发现路边的蚕豆花已悄然盛开，紫色花瓣似一只只漂亮的蝴蝶，在微风中翩翩起舞。

蚕豆花虽朴素，却别有韵致，它淡雅清香，花蕊两侧的椭圆黑点好似一双黑幽幽的眼眸，从中流露着恬静、从容和雅丽。

常言道："吃豆赛吃肉。"

清明节气前后，头茬蚕豆就已经上市了，不过它来自广东地区。

半个月后，也就是谷雨节气，本地蚕豆便上市了。刚成熟的蚕豆碧绿如翡翠，嫩得用指甲就可以掐破，当地人讲究现剥现炒、糯中带酥、满嘴鲜味，口感比起"客豆"更胜一筹。

自家农田里的青蚕豆极好吃。个儿大，颗粒饱满，从杆上摘下来，再剥去壳，就是青蚕豆，跟莴苣、蒜苗一起炒，就是一盘"农家三宝"，既当菜，又当饭。青蚕豆再剥掉皮，就是豆瓣。豆瓣宜放在瓠瓜或苋菜里做素汤，味道鲜美可口。豆瓣晒干油炸，酥香松脆，老人小儿皆喜，更是一绝。

不过蚕豆连皮吃的时间很短，熟透了的蚕豆很快就会变得黑亮，而且皮厚肉硬，口感略差，到了麦收前后，蚕豆已如一位老者，果实硬得咬都咬不动。

看着蹲在地上仔细观察蚕豆的孩子，我不禁想起了自己小时候的样子。

幼时，只要学校一放假，我便会去农村奶奶家小住。

奶奶家门口有一条蜿蜒曲折的小路，我每次回去，奶奶总是在路口迎我。和奶奶回家的路上，我一手牵着奶奶的手，另一只手则按着路边的蚕豆枝一路滑翔，偶尔手没按稳，脚下滑翔的速度就会随之变快，我则调整速度，掌控好手与脚的力道，越滑越溜。

"蚕豆是用来吃的，你这样调皮，其他邻居看到会批评你的。"对于奶奶的嗔怪，我并没有太在意。

到家后的第一件事便是拿上奶奶早已炒

好的蚕豆，打开电视机看一集动画片，这对当时的我来说简直就是梦幻一般的享受。

那时的蚕豆更像是我的玩伴，带给我诸多乐趣，而我的童年也同蚕豆有着千丝万缕的关系。

20世纪90年代，苏北农村还有炸蚕豆的人，他们隔三岔五走村串巷地跑，一手摇着爆米花机，一手拉风箱，就像日历上一幅泛黄的旧画。爆米花机是全封闭的，一只圆而长的铁家伙摇着加热。

随着"嘭"的一声，一粒粒蚕豆被炸开花，散发出香喷喷的热气，围在四周的同伴迫不及待地开始捡散落的蚕豆。那时0.5元一大袋的炸蚕豆是孩子们最爱的零食。

出于对炸蚕豆的特别喜好，我和同伴一起研发出了花式炒蚕豆。晌午时分，趁奶奶午睡，我们一行三五个人在河塘边，用衔着芦根的软泥砌个土炉，上面放块铁皮，再撒把蚕豆，拿两根苇管不停地拨过来拨过去。

"虎子，你快点，快点，我都等不及了，你看看熟了没有?"一边围观的同伴不停地催促着，蚕豆还没炒熟就被我们瓜分完的画面常有。蚕豆吃多了自然口干舌燥，比说话还要费口舌，不一会儿，我们又开始争抢着喝水，你一口，我一口，孩童的世界总是写满了纯真、乐趣。

奶奶每年都种蚕豆，因牙口不好，所以种的蚕豆她从来不吃，而是储存好了等我回来给我炒了当零食。担心我在学校饿肚子，第二天一早，奶奶用

棉线穿起一条煮熟的蚕豆项链，挂在我脖子上，让我上学慢慢吃……在那个物资匮乏的年代，农村孩子的零食似乎除了花生、蚕豆，再无其他。

现在奶奶已经85岁了，身体还算硬朗，仍在农村老家生活。而我早已从那个爱吃炸蚕豆的孩子变成一名孩子的母亲了。每年带着丈夫、孩子回乡看望奶奶时，奶奶也总是走到路口迎我，只是她的背已经驼了，步子也迈得很慢了。以前是她牵着我的手走，现在换成我扶着她的手走。

家里的桌子上也总放着一盘刚刚炒好的蚕豆。

蚕豆常种在田埂或河岸一类边角料的地方，不占地方，也不引人注意，只是在它成熟了以后默默地奉献自己，像极了我的奶奶。

芒果：你是我甜美的悸动

谷雨是春季的最后一个节气。田野里，花红柳绿，杜鹃夜啼，樱桃渐熟，一切都是那么欣欣然。

对于未婚女子夏沐来说，渐暖的天气让思绪也活跃起来。

木质的桌椅光亮照人，这里不像别的餐馆那样充满着一股油烟味，反倒有一股淡淡的幽香。

打量了一下四周，原是每个餐桌上摆着一个花瓶，上面插着新鲜的太阳花，迎着阳光，分外引人注意。刚一坐下，一个帅气的小伙儿就给夏沐送了一杯热茶过来，喝一口，口腔内便充满了一股淡淡的清香。

仔细一看，冲泡后的茶香气清高，色泽绿润，滋味鲜爽，叶底嫩匀，汤色明亮。

"这是我们当地最有名的雀舌茶。"夏沐惊讶地看着眼前这位年轻小伙儿。

"哦？我虽然在小城工作多年，但对茶了解并不多。"

"我们江浙一带讲究要喝雨前茶，这里的'雨'为谷雨节气。据说，谷雨前的茶能清火、辟邪、明目，口感更佳。所以谷雨节前，采茶工人最为忙碌。采摘的标准一般是一芽配一叶，芽叶的长度要在3厘米以下。由于外形像麻雀的舌头，所以当地人把它叫作'雀舌'，这可是我们当地有名的特产，得过很多国际及国家级大奖。"眼前这位麦色皮肤、眉目清秀的小伙儿似乎有些自来熟，自顾自地介绍起来了。

"不好意思，我是来吃饭的，我想点一份芒果西米露、一盘凉皮还有一份鳕鱼饼。"

"看不出来，你还挺能吃。"

"芒果西米露是我最爱吃的甜品之一，甜甜的芒果配上椰奶和西米，甭提有多好吃。"对于对方的搭讪，夏沐答得牛头不对马嘴。

"我喜欢喝茶，但只觉得家乡的雀舌茶最爽口。这种感觉就像浙江人爱喝龙井，苏州人爱品碧螺春，皖西人言茶必称六安瓜片，河南人心目中的茶是信阳毛尖……这就是不同地域各路茶人的乡土情结，也是对'家乡茶'的一种文化认同。"

"你对茶还挺了解。"夏沐简单地回应道。

"我只喜欢芒果，每年春天芒果上市时，我的家里会买各种各样的芒果，水仙芒、鸡蛋芒、青芒、大台农芒、香芒和贵妃芒等。等有时间了，一定要再去泰国或者海南一趟，那里的芒果更新鲜，也更甜美。"

"看来你对吃很有研究。"小伙儿说道。

"柴米油盐食作痴，说的可不就是我们这些食为痴的众生相吗？饮食男女，食物最先直达人的肠胃、心灵，是人体表达情感最直白的方式。"夏沐不甘示弱地补充道，生怕自己的学识被小伙儿比下去。

一次就餐，一次简单的聊天，却演变成了两个年轻人的较量。

来餐馆的次数多了，夏沐知道了小伙儿叫卢毅，比她大两岁。这家餐厅则是卢毅大学毕业后，一步步创业办起来的，平日里，他主要在厨房忙碌，夏沐来的那天，服务员下班了，于是卢毅临时充当了一次服务员。

来餐馆的次数多了，两个人斗嘴的频率更高了。

来餐馆的次数多了，两个单身青年的心越来越近了。

半年后，一个爱茶，一个爱芒果，看似没有交集的两个年轻人走到了一起。

事后，夏沐想，如果不是那天的无聊，自己当不会有这样一段甜美的邂逅。

透明而静谧的春光总是让人无限遐想，无限期待。但夏沐觉得还是卢毅餐厅的那些装扮最美。谷雨前后，江南田园的粉墙黑瓦上有炊烟，偶尔被雨丝浸染。此时门口的玉兰花已经争得春光，一旦盛开，就马上告谢。那些粉嫩的花瓣实在太单薄了，一经细雨慰藉，便随风飘扬，如同洒落了满地银钿。不经意间，台阶上就冒出了浅绿，待梨花春雨时节，绿苔就会爬出阶缝，蔓延向阶石。

作家卢思浩说："全世界每天都在错过，全世界每天都在相遇，全世界每天有人住到另一个人的生命里，全世界每天有人从另一个人的生命里搬走变成路人甲。"

的确，对于怀春少女来说，所有的等待、磕磕绊绊都是为了一起欣赏这世界全部的美丽。

如茶遇上芒果，如夏沐遇上卢毅，这个春天，你便是我甜蜜的悸动。

第二章
夏

　　夏，"绿树村边合，青山郭外斜"。春风夏雨，春诵夏弦，赤日炎炎，满闷不舒。摘一根黄瓜，解暑补水；咬一口西瓜，清肠排毒；品一杯"苦"味，醒脑提神。"惟德动天，无远弗届；满招损，谦受益"，人生小满，当下即好，且等风来，静待花开。

第一节 立 夏

黄瓜：四月八，鲜黄瓜

"菜盘佳品最燕京，二月尝新岂定评。压架缀篱偏有致，田家风景绘真情。"

你可能想不到，这首名为《黄瓜》的诗是乾隆皇帝所作，而今再看，两百多年前，指点江山的乾隆皇帝是如此接地气。

黄瓜，也称青瓜。中国各地普遍栽培，喜温，不耐寒。黄瓜中含有的维生素 C 和维生素 E 能提高人体免疫功能，可起到延年益寿、抗衰老的作用。

国人喜爱它，不仅因为它是一道美味的绿色蔬菜，还因为它有一种特殊的美容功能，爱美人士都喜欢把黄瓜削成薄片来敷脸，以达到清洁和保护皮肤之功效。

"立夏麦挑旗，小满麦秀齐。"立夏，夏季之始，小麦齐穗，花上浆。一年一度的春耕播种在立夏后拉开大幕，此时，各种候鸟相继入境，红薯芽普遍移栽下地，农民开始继续播种早秋作物，田野里呈现出一片繁忙景象。

每年立夏过后，新嫩的黄瓜开始次第成熟，农谚有"四月八，鲜黄瓜"。

农历四月初八是老家北田村赶集的日子。这天是仅次于过年亲戚朋友聚会的重要日子，在此之前，村里会请来戏班子助兴，主人家也会为此做足准备，如炸一些丸子，包一些油糕，买一些肉等。等到赶集当天，摆两桌饭菜，与亲戚朋友一起叙叙旧，聊聊孩子学业、农事；邻村上下好热闹的农妇们也会赶去集场，趁机买一些田里用的钉耙或者锄头，又或者买一些果树苗，为接下来忙碌的农事做准备。

大人们的乐趣与我无关。

这天，我就读的北田中学会放假一天。

赶集碰上放假，对于年少的我们来说是件幸福的事。一大早，我和同学们会跑到集场买几根黄瓜。在水龙头下面随便一洗，将上面的小绒刺轻轻一抹，咬一大口新鲜脆嫩的黄瓜，真是开心到了极点。

偶尔玩得要好的同学过来咬一两口，由此引发的嬉笑、追逐环绕着整个集场。

眼看一根黄瓜马上要下肚，臭美的女孩子特地将黄瓜蒂留出来，贴在额头上，为的是感受那一抹清凉。

长大后，再也没机会赶集，一来是忙，二来是在拥挤的人群中再也找不到当年结伴奔赴集场买一根0.5元的冰棍几个伙伴轮流吃半天，在一个摊位上就两三毛钱的头绳左右挑拣、犹豫再三的乐趣了。

有很长一段时间，黄瓜所赋予的情感带我回到了记忆中的北田中学。

1998年下半年，我13岁，小学升初中，48个朝气蓬勃的农村孩子来自十里八村，齐聚44班。由于离家远，因此一群女生住在背阴、靠水房附近的宿舍，房间又冷又潮，晚上挤在人均80厘米的大通铺上，虽艰苦，却舒心。现在生活富裕了，那种暖暖的感觉却变成了奢望。

20世纪90年代末的山西农村，彼此间往来只能靠书信、小纸条，仍记得当年给他人写了小纸条后，等待他人回复的那种忐忑心情。齐耳短发的我喜欢留有长头发的美女；喜欢外形腘腘、酷似小痞子的男孩；羡慕坐在最后一排，轻轻松松就能考第一的班长，羡慕她站起来就会唱"好一朵茉莉花"的洒脱劲。

离别之时，大家聚在一起写留言册，祝福语无非是"一帆风顺""勿忘我""友谊长存"之类的话。

一幕幕往事，13岁的青春岁月，被一根脆嫩的黄瓜所开启。

某年某月，我们脱离母体，来到世上，全身赤裸，开始牙牙学语，笨拙走路，大家有着共同的起点；时间流转，事物变迁，多年之后，48个人中，有的19岁就嫁做人妇，有的当了厂长，有的做起了小本生意，有的在山东青岛打拼，有的在黑龙江伊春安家落户，每个人都发生了这样或那样的变化。

但无论你怎么活、怎么闯，都曾年轻过，对记忆里的"北田中学"都会有感情，偶尔回想时，或多或少能找到那么一丁点儿影子。而我的、我同学的，这一切的一切，就像一本《生命册》不同的人物，不同的经历，不同的际遇，书写不同的人生！

如今，关于黄瓜，关于北田中学，我的记忆依然美好！

苋菜：奶奶的红苋菜

奶奶老了，是在一瞬间老的。

2018 年春节回老家拜年，赶到时已是中午 1 点，这次反常地没在厨房看到忙碌的奶奶。

走进卧室，奶奶正在起床穿衣服。

"我的小乖乖，你回来了，家里有昨天剩下的饭，你自己去热一下。"对于我的回来，奶奶虽依然热情，却不打算为我张罗午饭。

"我不饿，在高速公路的服务区买了一些零食充饥。"我装作不经意地回答道。事实上，那时的我肚子早已饥肠辘辘。

在自家土灶前忙活了好久的奶奶终于为我端出来了一盆苋菜。我像往常一样，迫不及待地拿筷子夹起来放入嘴里，可惜这次的清汤红苋菜不仅糊了，而且味道过咸。

"从去年冬天开始，你奶奶的身体一下子变差了很多。"看到我诧异的眼神，一旁的公爹适时地解释道。

我这个孙媳妇第一次到奶奶家约是十年前的事了。

"有了孙媳妇儿，过不了多久，我这老太婆就能抱重孙啦！"穿着我买的红色唐装外套，奶奶甭提有多开心了，眼角的皱纹随着嘴巴而不断上扬，饱经风霜的手不断地扯着衣服，左右来回打量着，那幸福就像蚕吐丝似的一圈一圈在家里泛开。

从小没喊过奶奶的我（自家奶奶早逝），对先生的奶奶格外喜欢，我的潜意识里渴望有"奶奶"这样一个亲切的、疼我的角色。

奶奶也同样很喜欢我这个孙媳妇儿。她说："这是我们祖孙跨越几千里修来的缘分，冥冥之中天注定。"

身体硬朗的奶奶在门前自留地上种着各种蔬菜，南瓜、扁豆、蚕豆、苋菜等。

奶奶种的苋菜非常壮硕。每棵苋菜有五六十厘米高，一节一节，枝上生叉、叉上生枝，层层叠叠、椭圆的叶片中间夹杂着紫红，边缘镶着青色的浅浅的裙边。

清晨，阳光直射，随风飘动的苋菜红中透着紫，紫中透着红，闪闪发亮，看上去袅娜娉婷。这样的苋菜分布在地角边缘，或与几根南瓜为伍，或与一小块快要成熟的扁豆做伴，或默默地守护在一棵刚要牵藤的丝瓜苗旁。

立夏时节，温度渐高，雷雨增多，苋菜和其他农作物一样进入生长旺季，隔一夜，就会窜个五六厘米高。

一把鲜嫩的红红的苋菜洗净下锅，半熟时放入几颗蒜瓣，再翻炒几下，待蒜香味出来，便可出锅装盘。红色的汤漾在苋菜的周围，令人立即食欲大增。于我而言，吃的不仅仅是味道，更是一种情结。

吃完苋菜，端起菜盆将红红的汤汁一饮而尽，讨个"红"运当头的好彩头。这味道与情结陪我走了一年又一年。

听先生说，奶奶50岁出头便守了寡，近三十年来，她独自撑起了这个家，用她的双手种稻子、种玉米、种各类蔬菜，为公爹、姑妈等子女的家庭和睦操心，为我们这辈孙子、孙女的工作操心，为重孙的健康成长焦虑。而这些坚守为的是让老吴家的根能够传下去，子孙代代像苋菜一样红火下去。

作家刘亮程曾说过："落在一个人一生中的雪，我们不能全部看见。每个人都在自己的生命中，孤独地过冬。"奶奶这么多年的坚守，其孤独和坚忍我无法体会，但她为了子女、亲人而忍耐的那些劈头盖脸的风霜雨雪，忍耐所有世事艰险，然后依旧坚持、依旧感恩、依旧奋斗的精神，值得每个人深思和学习。

为自己所爱的人无所畏惧地奋斗，即便历经孤独的岁月，当你提起过往的种种，留在内心的仍是满满的感动。

就像奶奶的红苋菜一样，永远有一种情节在里面。

杏子：满园杏花白，话闲适人生

"二月杏花独洒娇"，阳春四月，雪白的杏花像白沙，像棉花，一簇一簇挤在一起竞相开放。较长的花蕊上有着五片花瓣，似在悄悄与你耳语"沾衣欲湿杏花雨，吹面不寒杨柳风"。

欣然放眼望去，朵朵杏花像一只只粉蝶振翅欲飞，几枝待开的花蕾亦如娇羞的女孩般，露出绒绒的粉色。

20世纪90年代，阎维文一曲《桃花红杏花白》更是犹如一阵春风吹遍祖国大江南北，走进千家万户。长久以来，杏花的纯净与明亮被人们一直推崇且追求着。

立夏是夏季的开始。这时，艳阳高照，万物并秀，夏收作物进入生长后期。立夏尝三鲜是中国民间的一种习俗，即在立夏之日品尝时鲜。所谓的时鲜具体指哪几样食物，各地有不同的说法。但是一般可以分为地三鲜、树三鲜和水三鲜。地三鲜即蚕豆、苋菜、黄瓜；樱桃、枇杷、杏属树三鲜，水三鲜即海螺、河豚、鲥鱼。

到了夏季，渐红的杏子压弯了树枝的腰，惹得众人流口水，急不可耐地要去尝鲜。

不过，杏子不能多吃。

俗话说，"桃养人，杏伤人，李子树下埋死人"。虽然后一句话有点危言耸听，但是告诫人们，杏子、李子多吃无益。杏肉味酸、性热，吃多了会伤及筋骨、诱发老病根，甚至会落眉脱发、影响视力等。

炎热的夏天让人胃口开始犯懒，制作简单、品种多样的凉拌菜是餐桌上的抢手菜，这个时候来一盘具有清凉、生津、止渴功效的杏仁金针菇真是极好的。

说到杏仁，很多观众会奇怪 2012 年热播的《甄嬛传》中，安陵容为什么吃完苦杏仁就死了呢？安陵容是一个自卑、内心没有力量的女子，却偏要在从不缺乏美貌和心智的后宫争斗中抢占一席之地，也许失败从一开始就注定了。这个角色虽然坏事做尽，让人恨得牙痒痒，但其遭遇却让人唏嘘不已，杏仁真有那么大的毒性？

其实，杏仁有苦甜之分，即俗称的南杏、北杏，是一味常用的中药。苦杏仁含有毒素，食用未经处理的苦杏仁会有中毒的风险，轻者恶心、呕吐、疲乏无力、头痛头晕等；重者呕吐频繁、呼吸及心跳急促等，甚至可致死，常被中医用来与其他中药搭配，可治疗感冒、咳嗽、气喘等病症。

回过来，再聊《甄嬛传》。面对各种宫斗和危机时，甄嬛从一个只会耍小性子的小女人成长为一个能够用得了各种阴谋和手段的女强人，即便是她没有伤害别人的意思，但是别人有置她于死地的愿望，于是她要求自己必须强大起来，让自己清醒、独立起来，学会保护自己。长达 76 集的剧情在一定程度上是甄嬛一个人的成长史，蕴含着诸多人生哲理。

在现实生活中，很多人遇到苦难、挫折时，往往会选择缴械投降，人生从此没落。当我们真正学会说"不"，选择面对，勇敢接受的时候，或许人生会由此发生蜕变。有时困难中往往蕴藏着机遇，扛过去，经过暴风雨的洗礼，你会发现，下一站风景更美好，你也会遇见不一样的自己。

第二节 小 满

荔枝：漫步盐湖城，正是荔枝红

"夜莺啼绿柳，皓月醒长空。最爱垄头麦，迎风笑落红。"宋代欧阳修这首脍炙人口的《小满》，读罢让人迫不及待地想要感受此节气的美好。

小满是二十四节气中一个特殊的节气。细心观察，你会发现，二十四节气中很多节气是相对的，小暑对大暑，小雪对大雪，小寒对大寒，只有一个例外，那就是只有小满，而没有大满。

《说文解字》注有："满，盈溢也。"正所谓"水满则溢，月盈则亏"。中国人讲究人生凡事不能"大满"，满则招损。或许这就是老祖宗用"芒种"代替"大满"的缘由所在。

常听朋友说，位于茅山的东方盐湖城乃"山中桃源"，此时恰逢周末，我与友人来了一场说走就走的旅行。

这座神奇山镇主打道家文化，依山而建。根据东方远古对宇宙生成和自然构成的理解，以中国文化——周易八卦为破题立意，通过"太极生两仪，两仪生四象，四象生八卦"，结合"乾、坤、坎、离、震、巽、艮、兑"的八卦文化，里面建设了一观、八院、道风街等景点。

漫步仿古建筑群，像是穿越时空，生活在魏晋时代。站在坎水桥，远看乾天穹，从南远望，仿佛一只巨龟趴在山上，给人以吉祥的感觉。这就是道教所追求的长生不老？从东往西远看，乾天穹的嶙峋巨石如绿色花萼托着花蕾，让人对未来充满憧憬和热情。再俯视整个小镇，如群山中的盆地，在绿荫的衬托下，山秀丽，水氤氲，宛如人间仙境，静谧而祥和。

道风街里则汇聚了当地诸多世界级非物质文化遗产。山民市井、文人修学、山庙集庆、道家养生和山珍美味，在这里可以感受到别样的山镇生活。

"一骑红尘妃子笑，无人知是荔枝来。"累了坐在鲜花环绕的巽风湾小歇，剥几颗荔枝，享受温煦山风带来的悠然与逍遥。

荔枝是古代四大美人之一杨贵妃的最爱。杨贵妃丰满性感，容貌倾国倾城，唐朝追求的雍容之美在她身上完美体现了出来。

妃子笑是荔枝的一个品种，因杨贵妃而得名。其果大、肉厚、色美、核小、味甜，品质优良。

小满节气后，荔枝开始从青变红。荔枝含有大量的葡萄糖和多种维生素，有一定营养价值。在我国，荔枝一般生于岭南，距杨贵妃居住的长安有千里之遥，为了能让杨贵妃吃到色香味俱全的鲜荔枝，唐玄宗派人将刚摘下的荔枝一个驿站一个驿站地快马加鞭送到京城。

美人爱吃荔枝，对唐玄宗来说，这只是一句话的事，却苦了运荔枝的人。

大文学家苏轼有一首《荔枝叹》，对当时杨贵妃吃荔枝的情景进行了描述，诗中叹道："飞车跨山鹘横海，风枝露叶如新采。宫中美人一破颜，惊尘溅血流千载。"一次次跨山冈、越河道、快跑狂奔的接力赛，以致"惊尘溅血"，不少人把性命都搭了进去，最后荔枝传到宫中竟如新采摘的一般。

用一句白话可概括苏老先生的诗意：杨贵妃品食的那些荔枝，颗颗都浸着别人的汗、别人的血，用见微知著的艺术效果鞭挞了唐玄宗与杨贵妃骄奢淫逸的生活。

"道天下，天下之道也""白云观上观白云，百羊山下接红尘；翠微遥对三清台，缤纷散入桃花林"。漫步在如诗如画的景区，把酒言欢，正是对中国天人合一、八卦风水等道文化的享受。

小满是一年中最佳的季节，小满也是人生的最佳状态。满，但不是太满；盛，但不是极盛。季节不可能停留在小满，它必将走进酷热的夏季。但人生的状态可尽力保持于"小满"。这样才能感受到生活的富足感、幸福感。

人生小满，足矣！

苦菜：苦菜花开亦芬芳

"小满小满，麦粒渐满。"小满时节，麦类正由青转黄，过不了几日，便会铺出一片远接天际的金色怀想，农人期盼收获的喜悦心情溢于言表。

小满有三候：第一候苦菜秀，第二候靡草死，第三候小暑至。

"春风吹，苦菜长，荒滩野地是粮仓。"苦菜是中国人最早食用的野菜之一。

《周书》载："小满之日苦菜秀。"《诗经》载："采苦采苦，首阳之下。"苦菜遍布全国，医学上叫它"败酱草"，它性寒、味苦、无毒，是一种药用食用兼具的野生植物，多食有助于增强机体免疫力，促进大脑发育，常食还有减肥、养颜、清热解毒之功效。李时珍称它为"天香草"，宁夏人叫它"苦苦菜"，陕西人叫它"苦麻菜"。

穷苦年代，漫山遍野的苦菜是人们的果腹之物。如今，苦菜是吃腻了大鱼大肉的人们肠胃的清道夫。每每回村里，大姐都会拉着二姐去挖苦菜。

阳光明媚的午后，姐妹俩走在田埂上，身旁一片葱绿的果树苗在和煦的微风里起舞。树荫下，锯齿状的苦菜赶趟儿似的这儿一簇，那儿一丛，叶子柔嫩且新绿，她们一手拿塑料袋，一手拿把小锄或小刀，弓身伏地，边走边挖着正应时的苦菜。

到家后，把苦菜挑出来，择干净，焯水去苦味，剁碎，放入蒜泥，一股带着苦味的清香弥漫开来。

二姐是我用一个词很难形容的至爱亲人，究其原因，主要是她太强大，无论是能力，还是内心，皆强大。

她的第一份工作是女电工，在这个以男性为主的行业里，她是一个神奇的存在。

"你是女电工？你爬十几米高的电杆不怕吗？"很多人常带着这样的疑惑问二姐，事实上，我至今也有这样的疑惑。

"习惯了就好。"她笑言。

当年20岁的她凭借对工作的热情，以及多动脑、多动嘴、多练手的钻劲儿，很快对全厂供电系统以及每一个供电线路的运行情况了然于胸。放电缆，电路、电机检修，一次二次故障排除，她样样拿手。

接触电是一项有一定危险系数的工作，不仅需要电工有高超的技术，还得有勇气，但即使是面对这样的工作环境，面对墙上"有电危险"的标语，二姐仍沉着冷静，在短时间内便可将问题解决。

"这个姑娘可比一般的男子汉强。"很多乡亲常这样评价二姐。

的确，谁说女子不如男。在我们家，二姐既可以开拖拉机，又可以扛麻袋，男子汉能干的活儿，她一个也不落。至今，她的鼻子下面还留着一块疤，那是她当年骑摩托车不慎摔伤后留下来的。

父亲过世后，面对年长的母亲，以及父亲遗留的一堆事务，二姐毅然放弃自己的小家，回到农村打理我们这个大家。

堂妹的结婚喜宴上少不了她忙碌的身影；苹果园要打农药了，那个开着三轮的女人便是二姐。

如今，二姐是我们大家庭的大管家，只要她说的农事，基本没人反驳，因为我们实在没有她在行。

微风拂过，苦菜花开。这一株株有土的地方就能生长的苦菜有着顽强的生命力，她们穿着绿裙，挺着脖颈，扬着金黄色的笑脸，尽情地炫耀着自己的快乐。那似乎带着苦味的感觉顿时让我想起家乡的苹果园，想起我的二姐，无论多苦，也要清香弥漫，开出美丽的花朵，让人尽情享受这小满时光，小满幸福！

第三节 芒 种

西瓜：舍不去的故乡情

芒种在每年 6 月 6 日前后，太阳黄经 75°时开始，是一年中最忙的时候，此刻，农人正在田里热火朝天地收麦种稻。

五黄六月，骄阳似火，街面滚烫，人嗓冒烟。武汉的气温已然达到 35℃，这个时候若想清凉一下，吃两块冰镇西瓜是最舒服不过的了。一块下肚，热意全无，两块下肚，神清气爽。

老家东台有三大特产：东台西瓜、鱼汤面和陈皮酒。东台西瓜因销往全国各地，口感细腻、多汁，能消暑解渴，最为大家所熟知。

关于"东台西瓜为何如此甘甜可口"的话题，至今民间还流传着一段优美的故事。传说在汉代以前，人间并没有甘甜鲜美的西瓜，它的由来与美丽善良的七仙女有关。

当年，七仙女离开瑶池，下凡到西溪（东台古称）董家舍与董永结为夫妻后，觉得人间的西瓜与天宫的大相径庭，缺少水分和甜头，口味远不如天宫里的仙瓜品种。于是，她萌生了"瑶池采籽，凡间栽种"的念头。

天宫有规矩，各仙家享用仙瓜仙果时，不准留果壳种子，以防流入人间。但聪明的七仙女自有办法，她提前在宽大的长袖中缝了一只小口袋，瑶池赴会时，乘人不备，将仙瓜种子藏进小口袋，带回西溪。

她和董永在西溪东南角一个叫长青的高坡上种下了仙瓜种子，并用甜美的井水细心浇灌。转眼到了摘瓜尝瓜的时候，只见刀落瓜开，"噗"的一声，晶莹剔透的西瓜分为两半，红瓤黑籽，皮薄肉脆，甘美甜爽，入口即化，在场的人全都高兴极了。

西瓜甜人心，好事传千里。四乡八镇的人们纷纷前来看瓜尝瓜，七仙女不仅热情招待客人，还将瓜子一一送给乡亲们，就这样，经过一代又一代东台人的培植，这来自天庭瑶池又用井水浇灌的甜爽可口的东台西瓜一直享有盛名，后人们还为其取名为"佳蜜瓜"。

公元1182年，南宋著名诗人范成大为追寻前贤范仲淹（曾在东台担任盐官）的足迹，曾到范公堤畔，看到东台瓜业兴旺景象，触景生情，诗兴大发，吟诵了"昼出耘田夜绩麻，村庄儿女各当家，童孙未解供耕织，也傍桑阴学种瓜"的优美诗句，生动地反映出东台八百多年前种植西瓜的盛景。

在瓜果当中，我尤爱西瓜，既喜它的香甜，更喜由它产生的浓浓故乡情。

每年夏天回家省亲时，父亲总会早早地将西瓜放入冰箱，等我到家时，冰镇西瓜嚼在嘴里，除了香甜，更暖心。返程时，我常会带一些西瓜送给亲戚朋友，礼轻情意重即是最恰当的解释。

李白曾写过"此夜曲中闻折柳，何人不起故园情"，王维写下了"遥知兄弟登高处，遍插茱萸少一人"，以此表达对故乡和亲人的思念；岑参在《逢入京使》也留下了"故园东望路漫漫，双袖龙钟泪不干"的美句。

这一点于我也不例外，每当超市有东台西瓜出售时，我都会买两个抱回家，买它实则是念情，是一种心灵寄托，看到它，仿佛自己又回到了无忧无虑的童年，又回到了熟悉的东台故土。

小的时候不懂故乡情是什么，心里总想着早早飞出去见识一下大都市。等到真的大学毕业到外地参加工作了，竞争的残酷、人情的冷暖常让自己倍感身心疲惫。身处异地，不见故人，自然多了无限的孤独和忧愁，于是便怀念起故乡那段无忧无虑的生活。此时，我才体会到"故乡"二字对游子的重要性。

若是在他乡碰到老乡，听着那熟悉的乡音，喜悦溢于言表，不由分说，便是热切地交谈。谈谈自己，谈谈生活，谈谈家乡的面貌。虽然身在他乡，但也感到十分亲切，这便是故乡的魅力吧。

故乡是避风港，不仅有熟悉的味道，更有游子的挂念。千里之外，来一口东台西瓜，倍感亲切、香甜，那份对故乡的精神寄托一直在我心中。

椰子：千古三亚"闹军坡"

芒种时节，气温越来越高，太阳越来越毒，忙碌了一天，来杯晶莹透亮、清凉解渴的冰镇椰汁是再好不过的享受。

要说椰子，果肉香醇、营养丰富、已有两千多年栽种历史的海南椰子最正宗，口感也最好，其浑身都是宝的特性更是深受国民喜爱。

关于海南，记忆最深刻的尤数文昌当地的军坡节。

军坡，也叫公期，海南民间称之为"闹军坡""发军坡""吃军坡"。一般农历二月开始持续到农历五月，各地、各族闹军坡时间不同，每个村子的时间也不同。

2017年农历五月，芒种刚过，稻麦成熟，到处充满了金黄色的喜悦。海南文昌气温居高不下，因军坡节的到来而更具神秘色彩。

据说，每年一次的军坡节是当地群众为纪念巾帼英雄冼夫人而举办的民间奉祀活动，也是海南世代相传的乡情民俗。冼夫人是中国巾帼英雄第一人，她提出在海南岛设置政治机构——崖州，使得孤悬海外五百多年的海南岛重归国家管理。而冼夫人这段荡气回肠的历史传奇也被记录到大型歌舞《三亚千古情》之中，通过高科技舞台和武打艺术的高度结合，再现了冼夫人海南征战制服海盗的惊心动魄的场景。

狮子戏球、琼剧表演，诸多热烈、鲜活兼具尘世感的地域风情开场表演让我们这些手捧椰子吮吸的外地游客大开眼界。古老的节庆就像涸开了灵气盈溢的团团烟火，把一幅幅色彩浓烈的众生相变成了温情脉脉的风景。

熙熙攘攘是"闹军坡"的本相，之所以称为"闹"，是指在军坡这一天，无论是谁，都可以带诸多亲戚朋友和朋友的朋友到家里来。纯朴的居民会拿

出最好的鸡鸭、猪肉和各式菜肴来招待大家，各类生猛海鲜也会流水般摆上酒席。

无论谁家如何招待，定少不了椰子的身影，如椰子鸡、椰子汁、椰子饼，等等。椰子就是海南的代名词、吉祥物。

日益发展的军坡礼节维系了一代又一代的乡情。千百年的香火，膜拜的是神灵，敬畏的是豪杰，这些仪式赋予了军坡节太多的内容，求风调雨顺，求家庭平安。

椰影婆娑，海风徐徐，椰风海韵给每位外地游客留下了深刻印象，而军坡节这一绵延千年的民俗，其盛大的场面将古老与现代有效结合，在生命交感、灵气往来的瞬间，当地居民跃然而起，于和平、圆满之中，对未来充满了期待与喜悦。

苦瓜：苦瓜相伴度炎夏

与人们通常用来划分时间的日、月、年相比，节气显得更加细腻、体贴、柔和，它更深刻地摸清了自然万物的脾性与情绪，彰显了人与万物共生共荣的连带关系。譬如，芒种。

"时雨及芒种，四野皆插秧。"芒种实则是"忙种"，二十四节气中最忙的节气，正因如此，诸多饱含地方特色的农谚应运而生。"芒种忙忙种，夏至谷怀胎"是陕西、甘肃、宁夏的谚语；"芒种插的是个宝，夏至插的是根草"则是苏南居民的口头禅；"芒种边，好种籼，芒种过，好种糯"在一定程度上反映了福建沿海地区的作物特性。

由于气候的变化，芒种节气过后，闷热感加剧，饮食上应以清淡为主，味道甘苦的苦瓜便是很好的选择。

"一番花落成空果，信手拈来是苦瓜。"尽管在文学诗词中，苦瓜总与"苦"相连，但它却"不传己苦与他物"，与任何食材一同烹饪，都不会把苦味传给对方，因此被食客称作"有君子之德，有君子之功"，即蔬菜界中的"君子菜"。

苦瓜初长时，芽体嫩绿，弱不禁风，鸡鸭鹅等家禽轻轻一啄，便可让它没了性命。但它骨子里却蕴藏着顽强不屈的性格，即使芽体断掉了，从旁生长出来的芽丝依然会沿着竹竿、篱笆顽强地一节节往上生长，最终生得枝繁叶茂。

不吃苦瓜的人无法形容它的苦。在我看来，苦瓜的苦即入口苦，第二、三口随着味蕾慢慢适应，细嚼之后，一股淡淡的香气从浓苦中穿透出来，别有一番滋味。炎炎夏日，一盘凉拌苦瓜能够将你心中的烦忧缓缓化解。这种苦正如上好的茶、上好的酒，在舌尖是苦的，到了喉咙才会有一种持久的芳香。

这种不急不躁、箪食瓢饮的生活方式能让你在熙来攘往的尘世里、俗世的烟火中找到自我、反省自我、提升自我。

生活中多数人不喜食苦瓜，单是它那一脸的疙瘩、皱皮的模样就不招年

轻人待见，再者，苦瓜入口极苦的特性更是让不少人避而远之。想来也是，当下，一家只有一个宝，他们集万千宠爱于一身，有诸多美景美食可享受，定不会让苦瓜来搅和这无忧无虑的"幸福"时光。

苦瓜较丑的长相也让人们灵活运用到了生活中。比如，看到他人一副不高兴的表情，人们则会调侃地称之为"苦瓜脸"。

有人说，人生像是一根苦瓜，即使在水中浸泡、在圣殿中供养，放入口中，苦味依然不减，这是人生苦的本质；也有人说，人生像是一杯白开水，放入蜂蜜就是甜的，放入盐就是咸的。其实，人生的痛苦和快乐都来源于自己的内心。

面对苦难，认真生活，竭力应对，择一处空气清新、四周安静、光线柔和的地方，取一个自我感觉比较舒适的姿势，站、坐或躺下，闭上眼睛深呼吸，想象一些恬静美好的景物，如蔚蓝的大海、朵朵白云、安静的咖啡屋等，未来不管如何，都将是精彩的。

生易，活易，生活却不易。心是苦的，人生便苦海无边；心是甜的，人生便处处都是曼妙风景。人也只有经历过、领略过苦楚，才能品味出生活的甘甜。用快乐的心情面对生活的美好，剪辑人生的美丽，把自己对家人对生活的爱融入一粥一饭、一汤一菜之中，便会带给我们更多的幸福与美好。

不论苦瓜对生活有何种深刻的寓意，皆是人们的后期加工、再提炼、再升华，单就普通的苦瓜而言，它更像是普通大众的人生。

第四节　夏　至

茄子：陪伴，最长情的孝道

"来，大家一起喊茄子。""茄子！"随着"咔"一声快门落下，大家族的聚会圆满落幕。

"春争日，夏争时，中耕锄草不宜迟"，夏至是农事很重要的节气，是秋田管理的紧张季节，夏至过后的三伏天也是一年中最热的日子。2017年夏至一过，李三妮便带着孩子与母亲回到了老家，美其名曰探亲，实则是避暑，逼近40℃高温的江南常常热得让人叫苦不迭，为此，她们只好"逃"。

阔别四年后，回到自己生活了六十年的故土，李三妮的母亲不禁感慨，时光流逝，岁月匆匆。照完相吃茄子，心情更好。蒜蓉茄子、红烧茄子，柔烂软香，滑润可口，让李三妮的母亲连连叫好，"终于吃到了老家的圆茄子"。

茄子，普通家常，却南北有别。

梁实秋在《雅舍谈吃》里说道："北方的茄子和南方的不同，北方的茄子是圆球形，稍扁，从前没见过南方的那种细长的茄子，形状不同且不说，质地也大有差异。"

因为北方经常苦旱，蔬果也就不免缺乏水分，所以质地较为坚实；南方则盛产紫褐色长条形茄子，长茄子中很少有籽，软糯，容易炒烂。

口感不同，造就了南北饮食的不同。比如，北方圆茄子适合口味较重的地三鲜、烧茄子，南方长茄子则更适合软中带甜的肉末茄子煲、鱼香茄子等。

茄子一直是李三妮母亲的心头最爱。无论到哪里，老人都喜欢点一份用茄子烧制的美食。关于茄子，在李三妮身上还有更为感动的故事。

冻疮一直是冬季困扰李三妮的顽症。只要一发作，便让人痒得抓狂。茄子秧治冻疮是老家的土方法。

到了南方后，母亲便在自家院子里种了几株茄子。由于院落较小，土壤肥力较差，茄子长势总是差了些许。但每年秋季，她总会把已经干枯的茄子秧留下来，等待冬天的来临。

取入冬后经霜打过的茄子秧，加适量的水，文火煮 20 分钟，然后倒出一半在盆中，另一半则在炉上温着。再将长有冻疮的脚泡在盆中，随后不断地加入温着的水，直至全部加完。浸泡 20 分钟后，用干毛巾彻底擦干脚。连续浸泡 10 天左右，冻疮便会见好。

我上网一查才知道，晒干的茄子秧有祛风、收敛、凉血、消肿的功效，因此对于因血管麻痹而扩张充血、红肿还未溃烂的冻疮有一定治愈作用。

那段时间，每天晚上下班，李三妮都会看到母亲煮好的茄子水。她泡脚，母亲则不停地往里面加水。冻疮痒在身上，却一直暖在心里。现在，她再也不用担心冬天冻疮发作了。

看着母亲嘴角上扬的表情，李三妮不禁感慨母爱的伟大。为了自己的小家，母亲舍去自己的喜好、饮食习惯等，在江南一待就是几年。

然而生活中父母的辛苦付出却常常得不到子女的回应。

多数子女认为，衣锦还乡是对父母最大的孝顺，是给他们"长了脸"。子女常以忙为借口，很少给父母打电话，更鲜有回家探亲的时候，真的等到

"衣锦还乡"那一天，或许会发现"子欲养而亲不待"。

还有子女认为，只要在物质生活上不亏待父母，即是孝顺。定期给父母生活费，生病了带父母看病，逢年过节给父母买新衣服或营养品。事实上，相对于物质需求，父母的精神需求更大，更需陪伴以及陪伴带来的快乐。如果我们与他们多一些交流、多一些陪伴，父母的晚年就能足够幸福、满足和温暖。

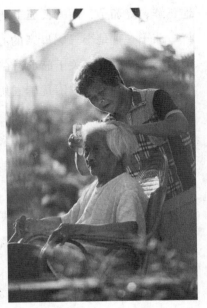

白发丛生、皱纹渐深的父母渴望陪伴的小小心愿就像我们小时候希望父母永远陪在自己身边一样。幼时，父母为我们遮风挡雨，撑起一片晴空；长大后，我们当是父母随时可以倚靠的温暖港湾。羊羔跪乳、乌鸦反哺，在父母有生之年及时行孝，哪怕只是"帮妈妈刷刷筷子洗洗碗，给爸爸捶捶后背揉揉肩"，哪怕只是带孩子常回家看看。

陪伴，是最长情的孝道。

芦蒿：芦蒿飘香满金陵

夏至正值盛阳覆盖其上，阴气始生于下，所谓"阴阳争死生分"的时节，此时，喜阴的生物开始滋生，喜阳的生物将逐渐死去。

嵇康《养生论》中谈道："宜调息静心，常如冰雪在心，炎热亦于吾心少减，不可以热为热，更生热矣。"意念中存想心中有冰雪，便不会感到天气极其炎热了。为顺应自然界阴阳盛衰的变化，一般夏季宜晚睡早起，饮食清淡。

具有清凉、平抑肝火，预防牙病、喉痛和便秘等功效的芦蒿便是夏季饮食餐桌上的佳品。

"蒌蒿遍地芦芽短，正是河豚欲上时"，我认识它是在苏轼的诗里，只是不知道它还能入口。工作后，一次去南京出差才把它从诗里吃到了嘴里。翠绿的芦蒿，被切成一段一段，一股强烈的清香味道扑鼻而来，勾得肚子里的馋虫忍不住直叫。

芦蒿是一种生长在水边的野生蔬菜，由于营养丰富，味道清香，外脆里嫩，因此广受青睐。芦蒿在北魏《齐民要术》及明代《本草纲目》中均有记载，还在明朝被列为皇室贡品，《红楼梦》里也写到了芦蒿。

芦蒿是南京的特产，其产地栖霞区八卦洲更是赢得了"中国芦蒿之乡"的美誉。八卦洲四面环江，没有污染企业，气候条件非常适合芦蒿等野菜的生长。

六朝古都的南京不仅浸染了历史的宁静与厚重，而且依山傍水，虎踞龙盘，具有得天独厚的地理优势，让人十分迷恋。

外地人来南京，慕名要吃的两道金陵菜：荤的是盐水鸭，素的则是芦蒿炒香干。芦蒿炒香干除了一点油、盐，几乎不加别的佐料，要的就是芦蒿秆儿尖和香干混搭的自然清香，食后唇齿格外清爽。

南京人对吃尤为讲究。就拿芦蒿炒香干来说，若想吃出鲜嫩的口感，择芦蒿是件细活儿。择它，必须用手掐，鲜味才会尽情地释放出来；若用刀切，炒出来的芦蒿便会带有铁锈味，让人无法下咽。择芦蒿费时费力，但也公平，当冒着热气的芦蒿出锅时，满屋都弥漫着芦蒿特有的清香。

到南京，有一个必去的地方，那就是秦淮河。作为"六朝烟月之区，金粉荟萃之所"，秦淮河不仅是南京人的母亲河，还是南京城古老文明的摇篮。

六朝时期，秦淮两岸定居着众多官宦世家、名门望族、商贾文人，王导、谢安、王羲之、谢灵运、顾恺之等一个个如雷贯耳的六朝名人都曾在此居住，他们在兴起六朝金粉奢靡之风的同时，也丰富了南京古老灿烂的六朝文化。

明末清初，李香君、顾横波、董小宛、卞玉京、寇白门、马湘兰、柳如是、陈圆圆"秦淮八艳"客居秦淮南岸，这些美艳绝代、才艺过人的秦淮名姬与秦淮北岸江南贡院内或状元及第或名落孙山的学子们，在上演了一幕又一幕才子佳人、缠绵悱恻爱情悲喜剧的同时，也流传出了一个又一个风花雪月、生离死别的秦淮故事。

夜游秦淮是一件令四方游客期待的事。

现时的十里秦淮已被修复为集古迹、园林、住宅和民俗民风于一体的秦淮河风光带，极富风情和魅力。画舫从夫子庙泮池一路东行，夜色下的秦淮河，灯火璀璨，月色朦胧，水波摇曳，游船抚过，就像一条伸向远方的美丽玉带，慢慢细说着自己过往的岁月。

两岸虽早已不见温柔缱绻、袅娜多姿、风情万种的多情歌姬，但媚香楼及其周边的明清河房依然挂着通红的灯笼，让每一个慕名而来的游人都与当年夜游秦淮的朱自清、俞平伯一样，情迷意乱，虽沉醉在色彩斑斓的梦幻灯影里，却又羞于启齿，最终只能叹息一声。

芦蒿特殊的清香牵动着无数在外打拼的南京人思乡的心，秦淮河的过去与当下则让这座有着两千四百年历史的金陵城更具独特魅力。

第五节 小 暑

茭白：鲜香脆嫩惹人爱

"夜热依然午热同"，诗人杨万里在诗中描述了小暑时节夜以继日的桑拿天。陆游的《逃暑小饮熟睡至暮》很有趣："虚堂顿解汗挥雨，高枕俄成鼻殷雷。"描写了作者小饮后熟睡，躲到梦中去讨得几分阴凉。这不由让我想起了不耐热的童年，一热就浑身起疹子，这样胃口就乏了。这时最着急的莫过于家中大厨——爷爷，他变着花样儿地翻新菜色，以期勾起我的食欲，我想我挑剔的味蕾也定是在童年培养起来的。

一日午睡过后，爷爷让我坐在板凳上静候他的新菜。一通麻利操作后，他竟端来一小盆茭白肉丝炒面，作为家中的"厨王"，爷爷的刀工着实厉害，茭白丝儿细而均匀，鳝片极薄，将手工面凉过之后一起炒，火候足足的，再放一勺猪油，这味儿勾得我开始大快朵颐起来。

"爷爷，这面真好吃！"那是我人生中第一次吃到炒面，也是记忆里最好的味道。

"好吃，晚上我再拔几个茭白回来。"

"我也要去！"

旁人想法子避暑，我们这对向来不按常理出牌的爷孙俩反倒向暑气进军了。白天，爷爷会事先出去把自制的工具放到水沟、河塘等黄鳝、甲鱼出没的洞里，然后深夜去收钩子。

眼见爷爷收拾工具准备出发，我拽住他的衣角不放。最终，爷爷耐不住我的苦苦哀求，带我一起出了门。漆黑的田埂边，带着土腥味的风吹起麦浪，雨靴带过野草的声音让人毛骨悚然，仿佛猛兽一般可随时将我吞噬，许是察觉到了我的恐惧，爷爷背起了我，一直向北走去。

到了目的地，爷爷去收钩子，我则站在一处田埂上等他。两边的水沟里种着茭白，它们挺着大肚子，将扁扁的身体撑开来。多数茭白养得白胖，只有几处沟里水浅，茭白浮于水上的部分有些泛青。好在那些年雨不算少，采回去的茭白很少出现缺水的粉色。

茭白清炒并不入味，顶好吃还是得和猪肉红烧，茭白段儿吸足了红烧肉的鲜味，又香又糯，令人难以忘怀。

我沉浸于美食不可自拔，爷爷在不远处大喊一声："拉拔高来了！"这一声吆喝把我吓得掉进了水沟里，沟底下有软泥，还种满了茭白，胖胖的我滚到了同样圆滚滚的茭白中间。我东倒西歪，狼狈地拽着草和茭白叶子站了起来，而我那调皮的爷爷竟还在一旁哈哈大笑。

我哭笑不得，愤怒地看着他，至今，我都无法明白为什么年幼的我会深信不疑拉拔高（癞蛤蟆）是这个世界上最可怕的动物，以至于老师讲"小红帽"的故事时，我对狼外婆已无动于衷。

不愿意再搭理爷爷，我开始行动起来。我先把被我压断的茭白采下来，没一会儿，田埂上有了一小堆。我使劲爬了上来，一屁股坐在泥地上，开始给"胖娃娃们"脱衣服,再将它们小心地装进袋子里。等爷爷收好钩子,我们爷俩一前一后走在夜色里,往家的方向走去。

当然,一身泥泞的我终逃不开母亲的一番责骂。

我自小五谷不分,唯独对这白胖的茭白情有独钟,许是幼年时的一碗爱心炒面,许是少年时爷爷种的那一排绿色。总之,记忆里,它总是如此惹人喜爱。

桃子:那片桃花林

去年阳历 7 月初,小暑节气一过,我与妻子便带着刚放暑假的孩子来到了浙江舟山群岛,欣赏美景、品尝美食之余,收获的感悟也颇多。

与普陀山隔港相望的桃花岛给我的印象最为深刻。没错,它就是金庸先生笔下《射雕英雄传》《神雕侠侣》中的"东邪"黄药师住的那个岛。登岛后,在当地导游的带领下,几经曲折,穿入门坊,我们便进入"忽逢桃花林,夹岸数百步,中无杂树,芳草鲜美,落英缤纷"的桃花林。这里桃林茂密,每当春暖花开之时,桃花如火,花树枝头,浓淡相间,有的鲜红如血,有的艳丽如胭脂,千树万树,织就花的云锦,再现了陶渊明《桃花源记》里的那片安宁和乐、自由平等的世外桃源。

品一杯香茗,钓一条小鱼。三五好友置身其中,心静如水,身无旁骛,时间仿佛停止了一样。看惯了都市繁华、城市喧嚣,再回到田园,顿觉这里真的是一个修身养性、洗涤心灵的好去处。

"采菊东篱下,悠然见南山。"眼前的美景让我不禁想起唐伯虎的那首《桃花庵歌》:"桃花坞里桃花庵,桃花庵里桃花仙。桃花仙人种桃树,又摘桃花换酒钱。……别人笑我太疯癫,我笑他人看不穿。不见五陵豪杰墓,无花无酒锄作田。"

世人总说唐伯虎过于高傲,不该这么消极面世。我以笑回之:他不想清高，也不想低俗，只是想以一颗平常心来过好生活而已。清心寡欲，不求名利，不为世事所累，现如今，又有几人能够做到？

小暑时节，桃子大量上市。苏、锡、常一带素以肉嫩汁多、味醇甘甜的阳山水蜜桃最为出名。与其他地方的桃子相比，阳山水蜜桃个儿大、皮白，一剥开皮，汁水就会流出，所以又被人们称作"玉露蜜桃"。水蜜桃有美肤、清胃、润肺、祛痰利尿的功能，正如《本草纲目》所述："桃可作脯食，益颜色，肺之果，肺病宜食之。"阳山水蜜桃含有多种营养成分，营养学家在分析比较后，确定其中蛋白质的含量比苹果、葡萄高1倍，比梨高7倍。

每年暑期，我都会带家人去阳山采摘水蜜桃，不但可以大饱口福，对孩子来说也是一种亲近自然、体验生活的好方式。每每走进采摘的桃林，孩子总是会兴奋得不知所以，常常激动得把树枝也给拽了下来，惹得老板一阵心疼。

眼前的这片桃林则把我带回到了童年，让我想起曾经的纯真与美好。

小暑节气一过，原本硬绿的桃子开始泛白，满满挂在枝头，很是令人垂涎。趁大人午睡，我常与三五小伙伴跑进离家不远的林子里偷桃子。由于技术不到位，还未开工，就被看林人发现了，紧接着就会上演一番"看林人追小偷"的紧张画面。唐国强版的电视剧《三国演义》播出后，我们也模仿里面桃园三结义的情节，在桃林里选一处空旷的地方双膝跪地，虔诚地对着前方焚香磕头，不过由于经验不足，差点儿"引火烧身"，把桃树给烧了。等到冬天，繁花落尽、万木萧条时，我们则会跑来一起打弹珠、拿弹弓打鸟，不玩到天黑爸妈来喊，绝对不会回家。

上学时背诵唐代诗人崔护的《题都城南庄》："去年今日此门中，人面桃花相映红。人面不知何处去，桃花依旧笑春风。"当时只是死记硬背，应付考试，从没想过要去体会诗人写诗时的心态。而今步入而立之年，每每回到老家看到那片桃林，心中不免感慨：风景依旧，人事全非。儿时的玩伴都已经各奔东西，很难再见上一面了。

时光飞逝，容颜易老，越长大越孤单。如今"80"后已是奔四的人了，再也称不上"年轻"了。这飞驰的时代华丽而耀眼，却无法让人找回那个伴着蝉鸣和蛙叫走过的夏天。

童年的点滴宛若一场清梦，令梦者久久不愿醒来。我虽回不去那片桃林了，但是它却在我的记忆里永存。

莲藕：淤泥不染水八仙

当"倏忽温风至，山暗已闻雷"时，父辈们又开始重复那句话了：今日又小暑了。似在喟叹时光飞逝，又似在做暑热前的心理准备。江南之地虽已颇感炎热，但亦为梅雨终去而喜，况此时绿意正浓，好一番盛景。

由于全球气候变暖，现如今，绝大部分地区的最高气温都出现在小暑。

小暑时节，大地凉风不再，所有的风中都携着热浪，而一池盛荷却仍是风景这边独好。虽暑热难耐，然划一叶扁舟，顶一篷荷帽，采莲晚荷中，怡然赏仙荷，池中生出清凉，竟是别样好滋味。

若误入藕花深处，得一丝凉意，掐下一朵莲蓬，莲子青翠欲滴，掰开取出，便闻一阵清香，往嘴里一塞，别有一番脆美。

近几年，常见沿街有小贩于篮中放莲蓬叫卖。许是莲蓬养眼之色吸睛，又许是那莲子馋人，抑或是新奇返真之诉求，总惹得好些人蜂拥求购，我也不例外。但我最爱的还是那干莲心。置锅中文火煮烂，放冰糖，如再撒些去年自制的桂花蜜，一口下去，甜糯得人都快化了自是不说，那满嘴的桂花香气更是沁到了心肺，这桂花莲子羹是记忆里最美的甜点。

上苍对芸芸众生中的莲荷是多么偏心啊！不信耶？待我举证。从妖娆与仙气并存、艳丽与清涟同在的荷花到摇曳多姿的荷叶，再到香糯的莲子，好像还不够，上苍又送给了它一个尤物——藕。在那份婀娜生仙的柔弱中，正在孕育着一个强大的生命。它使劲儿向下生长着，汲取着淤泥中的养分，只为了水面上那份飘逸……深处再向深处，从小暑到大暑，再至秋、至冬，直到一池枯败，它才停止努力。可上苍还觉给予的不够，于是又赋予了莲藕一分脆爽，二分清甜，三分粗壮，十分不染。于是便惹来了挖藕的人们，惹来了各种关于藕的美食杂谈……

藕与花皆动人，然莲塘萧瑟之景却也分外震人心魂。书房花瓶里始终插

着一支干枯的莲蓬，它呈枯木色，我在一片晨曦残荷中将它带回了家。

大地悠悠醒转，荷还在仰望星空里沉醉，它站立着，张开质已枯脆的帽檐，细长风干的身体被生的渴望压弯。已是枯荷残梗，却站成了风姿清骨的傲然。每日忙碌过后拖着疲惫的身体回到家，它静静地看着我，我看着它越发苍老的面容，身上覆着薄薄的一层灰，却慢悠悠地将我一身的压力带走。

我看到那一天的星空浩瀚与晨曦的希望之光同在。

爱莲之人不可胜数，最出名者当数周公的《爱莲说》，"出淤泥而不染，濯清涟而不妖"。将莲之美写到了一种极致，然我作为热爱美食之人，对莲藕的兴趣也许更胜过它美丽的花。长长的莲藕，奶黄而朴色，藏着通透数孔，然而，切掉节疤，中间竟是清亮净爽，是真正的出淤泥而不染。

不光如此，藕还是最重情重义之物。想到当年上学时，我学了"藕断丝连"这个成语后，好奇心顿起，特意去厨房切了一段藕，竟然真的缓缓拉出了长长的丝。至此，我才真正理解了这个成语。而糖醋藕片、糯米糖藕……也成为我家餐桌的常客。

江南人家，婚前当男方给女方送礼时，总爱送上一根长长的藕，含有求"偶"之意，寓之成双和美。结婚的嫁妆里也总会塞上几颗莲心，应是取其"连心"之意吧！

泛舟小河，鱼戏莲叶，若论暑气难挡游兴处，莫过于一池清荷，夏日国色。

第六节　大　暑

黄花菜：黄花未凉红日晒

俗话说"等得黄花菜都凉了"。主要引申为部分人不守时，姗姗来迟。在我国部分地区，黄花菜作为居家酒席中最后一道醒酒菜，最后一道菜都凉了，可见是来得太迟。

换句话说，古人旨在通过这样一句通俗易懂的话来提醒食客，美味的黄花菜要趁热吃。这既是享受美食的标准，也是数千年来的经验总结。

生黄花菜的别名有金针、忘忧草、金针菜等，原产于中国、日本和东南亚一带，我国主要分布在长江流域。

在老家山西晋中，金针是种极其常见的植物，几乎没有人特意去种植和栽培，任其生长在菜园里。这些地方潮湿、肥沃，金针长得茂盛，一蔸就有好大一堆，占地1平方米左右，长长的叶子像一把把碧绿的宝剑，向各个方向伸张开，就像一个剑簇。

大暑是一年中气温最高的时期，此时正值伏中，常让人们有"上蒸下煮"的感觉。关于大暑，农谚有"三伏不热，五谷不结"，在让农人领略万物蓬勃向上活力的同时，也让大家感受到了大自然的多元、多彩和多情。

在母亲眼里，这种多彩、色泽鲜艳更多地表现在金针上。

每年大暑开始，金针进入采摘季节，一直要到秋分才结束，采摘旺季集中在七八月。大地一片葱绿，点缀其上的嫩黄花蕾在阳光的照耀下流光溢彩，如映在海面上的点点繁星，灿烂生辉。

黄花菜为金针的花蕾，呈筒状，每朵六片花瓣，慢慢向外扩张。每天清晨，窗前上百朵黄白馥郁的金针花引来了蜜蜂蝴蝶采花酿蜜，满院、满巷都散发淡淡的清香。嚼着饭菜、夹着秧凳的大嫂闻香而至，掐上一两支装在身上，把浓香带到田头岸埂，随着种田的号子而飘荡在乡村的晨雾里。

可惜的是，黄花菜的花期只有十二个小时，早晨开放，傍晚便会凋谢。母亲说，盛开的金针花花骨朵儿有毒，于是便叫我们每天早上把含苞待放的金针花采回来，再蒸好晒干贮藏起来。等到秋冬季，取一些干的金针放在发热的油锅里简单油炸，再浇至汤面上，面的味道瞬间提升。

与北方以金针做佐料为主不同，在南方，金针的地位更加凸显。无论是在道观，还是寺庙，清炒金针都是各式素斋的主打。

素斋是在僧侣文化的影响下，在文人士大夫的推进下，进入并影响中国人的饮食体系，道教的道观菜也是在素斋的影响下形成并完善的。

佛教信徒修习佛法的目的是从佛祖的教诲中参透生命和宇宙的真相，最终超越生死和痛苦，断尽一切人生烦恼。他们不反对吃饭，只是提倡素食，即素斋，提倡"五谷为养，五果为助，五菜为充"的养生理念。

与佛教不同，在道家创始人的眼里，吃是一种可怕的欲望，不值得提倡，更不需要追逐。大多数道士修炼是为了能够长生不老，羽化成仙。但羽化成仙的前提是身体要轻，只有轻身，才能获得飞仙的资格。因此，为了能够得到轻身的效果，就必须控制饮食，不仅不能吃肉以及有刺激性的蔬菜，还要少食且适当断食。在这个理念的支撑下，道士们研发了各种饮食秘籍。

夏季是阳气最盛的季节，表现在人身上便是燥热。关于养生，中国人讲究在吃方面顺应天时地利人和，故有"热"以"凉"克之、"燥"以"清"驱之的说法。如果有幸，到农家来一碗凉面，配一盘味鲜质嫩、营养丰富的降暑佳品——清炒黄花菜，则是人生幸事。

民以食为天，家以美味为情缘。

烹饪美食是一种艺术，饱餐美食是一种享受，这种养眼养心又养胃、怡情益智促进家庭和谐的美事，何乐而不为？除饮食调节外，我个人认为，夏季还应适当地晨练，适当地娱乐，适当地避暑休养。总之，入夏之时，养"心"为上，养"心"为先。正如马克思所说："一份愉快的心情胜过十剂良药。"

炎炎夏日，唯有美食和爱不能辜负。

丝瓜：一藤丝瓜一藤情

东汉王粲在《大暑赋》中说："患衽席之焚灼。"进入大暑，无尽头的暑热可以用空调去抵挡，然顶着烈日的煎熬只能靠坚忍本身了，是谓苦夏。又湿又闷，让人感觉脏气弥漫，家乡人称之为"龌龊热"。

在这个节气里，多半是胃口不佳的，此时家中饭桌上多以绿色瓜果类为主，不过霸主一定是丝瓜，丝瓜炒毛豆、丝瓜汤，色泽好看又消暑，这也是夏日里我最爱的下饭菜。

爷爷奶奶会在自家地里种上几垄丝瓜，搭上架子，这样，丝瓜就开始自顾自地攀爬起来，几乎不用太费心思，便开出金黄的小花儿，往往一天的毒日头晒下来，连叶子都蔫了。傍晚暮色褪去，夜色登场，农历七月初七牛郎织女相会的日子，我和小伙伴会躲到丝瓜架下，将耳朵附到丝瓜叶上，丝瓜藤的大叶子毛茸茸的，蹭得耳朵痒痒的，有时误以为有虫子落了下来便惊恐半天，可为了偷听牛郎织女说悄悄话，好奇心便战胜了恐惧。

其实哪里来的悄悄话，不过是长辈们讲给娃儿们听的神话故事罢了，多半只有小伙伴们的呼吸声、蝉声、蛙声，即使这样，我们还是兴致勃勃。

我们慢慢长大，城镇化加速，爷爷奶奶老了，再也种不了地，即使身处乡间，也再无农趣可言，反而需要去那种农家乐体验农家生活，确是一种无奈。

出于对乡间的感情，我们将老屋修整翻新后，住了进去。时值盛夏，老屋内却有些许清凉，小院子里种了一棵桂花树、一排绿植。不过最得趣的要数屋后的那藤丝瓜。

屋后还有几间小房子租给了一对小夫妻，妻子年岁不大，却极善农活，得空了便带孩子种许多菜，屋后架着废弃的电线，她便种下了丝瓜。

"大暑至，万物荣华。"丝瓜见风长，顺着电线歪七扭八地攀爬，倒也自成风趣。有时小两口不在家，看丝瓜被烈日晒得蔫儿的凄惨样，我还去给它们输送过几次水分。看着它们慢慢地恢复精神，那感觉比写好一篇文章更得意。

那会儿我刚爱上喝茶，对与茶艺相关的物品极喜欢。看丝瓜来不及吃，一天天老去，我突然想起小时候晒干的丝瓜络，于是就准备到时将它收集下来做茶杯垫。

这下子可不得了了，心里有了计划，便像是有了任务一般，屋后的这藤丝瓜成了我的心头好。我开始守着它变老，看着它从青绿慢慢变黄，最后变为枯黄，将粗粗的电线都给荡了下来，每次刮风大时，我都要跑过去看看，忧心它掉下来摔坏，好在它也只是在上面顽皮地荡秋千，牢固得很。

待到最后我们一同将它们采下时，厨房的窗外就少了一景。小伙子帮我将壳剥去，将瓜子儿留下作种，久等的丝瓜络终于做成功了。《本草纲目》中记载："此瓜老则筋丝罗织，故有丝络之名。"丝瓜络可治气血阻滞、筋络不通等疾病，当然，于我而言，最重要的是能够为我的茶桌添上自己动手制作的杯垫，增加美感与乐趣。

将丝络内部的维管束清理干净，便得到扁平完美的丝瓜络了。我将两张叠在一起，想把它做成圆形，结果在缝合的过程中因为针线活太差，阴错阳差成了花边。好在虽然歪歪扭扭，但是效果倒也不错，居然还有人夸赞有创意，我自是心里乐呵呵。

如今，家里茶桌上的杯垫皆是我自制的，当然模样也各不相同。不过，颜色倒是很一致，用的时间长了，便成了茶色，美观更甚初时。

一人独坐时抚摸着这并不细腻的杯垫，关于乡村故土的记忆便逐空而来。

第三章

秋

　　红彤彤的枫叶、金灿灿的稻田，秋来了。农人劳累了一年，现在终于看到了希望，于是脸上洋溢着笑容，收获着幸福。然在古代文人眼里，却很少有这种喜悦，有的只是秋风萧瑟、草木枯败、一片肃杀的景象。"常恐秋节至，焜黄华叶衰。""空山新雨后，天气晚来秋。"究竟是"悲秋"，还是"喜秋"？全在人心中。在我看来，秋如人饮水，冷暖自知。

第一节 立 秋

西红柿：芳华永在

　　2017年9月，电影《芳华》在全国热映。极少触及影视圈评论的马云第一次发声支持一部电影，他在微博写道："《芳华》真有小时候吃过的西红柿那样的余味无穷。我还会再去看这部电影，里面有每代人都锁不住、放不下的青春、情怀、挫折的共鸣。"其微博也截取了片中钟楚曦扮演的萧穗子吃西红柿的片段，其清新自然的表演得到了观影者的广泛认可，这一经典镜头更让无数人看到了年少的自己。

　　小时候的味道、青春的记忆，就像这部《芳华》，存留在每个人的脑海里。

　　黄土高坡的农家孩子每天都在跟脏兮兮的土疙瘩打交道，和小伙伴一起挖土、和泥过家家，临了，手、脸、衣服上都是泥土，到家少不了长辈的嗔怪，但第二天仍会相约一起去玩土。在给孩子们带来快乐的同时，泥土也滋养了诸多美味，如西红柿。

每年农历三月末，母亲会往自家菜园里移栽一些西红柿秧苗，她担一担水，颤颤悠悠地往前走，然后一瓢一瓢地浇灌着羸弱的小苗。之后的两个多月，我掰着手指头过日子，看着西红柿的果实从小变大，从绿变青，从青成红。

终于等到它成熟，抓起一颗，在校服上一蹭，一口下去，鲜嫩的果肉和着甜丝丝的汁水挑衅着我的味蕾。一口不过瘾，再猛地来第二口。姐姐妹妹看了此场景，也会争相过来咬几口。那种沙沙的、甜甜的，带着新鲜泥土气息的果子的香气至今仍让人直流口水。

立秋是秋天的开始，虽仍在三伏，秋老虎也在不断发威，但接下来丰收的喜悦总是让人充满期待。立秋，在山西叫"啃秋"。这一天，农人喜欢吃西瓜或香瓜，三五成群或在瓜棚下面，或在树荫下席地而坐，抱着红瓤西瓜啃，抱着绿瓤香瓜啃，以此来告别夏季。

立秋后，当季的果蔬越来越少，于是勤劳的农妇会往家里囤一些西红柿，将其蒸煮，灌在瓶子里做成酱，到了冬天，西红柿酱拿出来浇面吃，口感仍新鲜滑溜，丝毫没有季节的违和感。

面条口感的好坏，除了食材筋道外，调和至关重要。西红柿是山西面食素调和中必不可少的材料。这个调和，即拌在面里的菜，陕西人叫作"臊子"，北京人则叫"卤"。

在山西，家庭主妇身上或多或少都透露着面的气息和情感。关于面食的制作，通常都是自学成才，或是看别人做一遍，自己回来摸索。母亲是做面高手，家里的削面刀、擀面杖、剔面板、剔面棍等工具一应俱全，经过她的手，可以做出不烂子、刀削面、剔尖、手擀面、饸饹面、烙饼、拉面、猫耳朵、花馍等多种面食。犹如柳叶般细滑的刀削面浇上西红柿鸡蛋调和，再搭上下饭小菜，常让人垂涎三尺，当地电视台的美食栏目曾专门介绍过她做的面食。

母亲做面的技艺为何如此高超？据她回忆，一次干活回家的路上，她看到邻居一个头挽花头巾、手端青花大碗的老汉正蹲坐在大门口吃面，另一端，自家早已饥肠辘辘的两个女儿正看着老汉碗里的面直流口水，直勾勾的眼神恨不得把人家的碗直接夺过来。

母亲压着怒火，把两个女儿叫回家，刚打算开口，眼泪却流了下来。整日忙于农事，让她疏忽了对女儿的教育，深深自责的同时，也暗自下定决心，要为她们做出可口的面食。于是，她经常私下练习做面技能，和面时需要加多少水，煮面时要用什么样的火候，需煮几分钟，这都是她常考虑的事情。如此来回反复，熟能生巧，母亲做面的技能得到了提高。

随着生活节奏的加快，一切开始与速成挂钩，鸡鸭速养成，蔬菜快生长。不知道从什么时候开始，吃饭俨然成了一项任务，吃饱则成了终极目标，以至于快餐、外卖盛行。

然而青春像一道光影，滑过我们记忆的视角，让人难以忘怀。

曾经，西红柿只有夏天才能吃到，产量不多，吃起来总是不能尽兴。现在生活条件提高了，一年四季随时随地都可以买到西红柿，想吃多少就有多少，却再也找不到记忆中那种味道了。偶尔我会想起家乡的菜园，也会幻想得空来一次穿越时空，回到年少，再次品尝清甜可口的西红柿。生活总是这样，将最美好的记忆留存于脑海，经过时间的洗涤，变得越发甘甜、纯洁。

电影《芳华》不论是搭建文工团时期的排练厅，还是其他场景，都体现了一种怀旧情怀。一组剧照，不仅点燃了自己的青春记忆，更让观影人想起了自己的青春过往。最后，套用片中那句经典旁白："我不禁想到，一代人的芳华已逝，面目全非，虽然他们谈笑如故，可还是不难看出岁月给每个人带来的改变。原谅我不愿让你们看到我们老去的样子，就让荧幕，留住我们芬芳的年华吧！"

葡萄：二舅和葡萄树

二舅家有 10 亩葡萄园，每年立秋过后，挂满枝头的葡萄开始由青变红。

立秋到中秋节的这段日子也是我和妹妹最想念、最期待二舅的日子。"醉翁之意不在酒"，其实我们更为想念的是二舅带来的葡萄。

种植葡萄之前，二舅是一名木匠，家里一切凳子、桌子等都是他打的。"哧—哧—哧"，大块的木头随着刨子的鸣叫声而开始变小、变精致，从上面蹦出的刨花落到了地上变成一个又一个圈。如果碰上了树疤，刨子顺畅的运动也会随之卡壳。对于这一困难，二舅先是将全身的气力集中到双臂上，双腿稍微往后一退，然后猛地进攻，"咻"的一下便过去了，紧接着就会看到蹦出的刨花慢慢地卷起、落地。

在过去，人们称木匠为手艺人，其职业特性用当今时髦的话来说就是"蓝领"。与现代倡导的合作精神不同，木工活，从下料到成品基本都是一个人完成，很少与别人合作。如此一来，木匠不光要看得懂图，厘得清结构，明白各个结点之间的结合方式，还要有很强的空间感。二舅曾说，每件木器开工前，他们做木匠的脑子里都有一个立体形象。

刨花和锯末是农人生火炕最好的材料，于是一到冬季，便有邻居来家里向二舅讨要废弃的刨花。

因牙口不好，二舅的牙齿过早地脱落，让年纪不大的他看起来很老气。清晨，薄雾刚刚退散，阳光照在他的脸上，此时他额上的皱纹格外清晰，木屑飞扬，让那张国字脸更显沧桑。

酸酸甜甜的葡萄是二舅一生的最爱，闲来无事时，二舅喜欢手抓几颗葡萄，盯着黑白电视机看。随着社会的发展，曾经受人追捧的木匠在人们心目中变得可有可无。为了养家糊口，二舅开始种植葡萄。

"新茎未遍半犹枯，高架支离倒复扶。若欲满盘堆马乳，莫辞添竹引龙须。"每年农历四月，春夏之交，葡萄树开始冒出新绿，二舅为它们搭起了高高的架子，将垂下的枝条扶上去。几年过去了，何时施肥、何时疏花疏果、何时套袋等葡萄种植技术，二舅了然于心。

立秋过后是二舅一年中最为忙碌的时节，他要赶在这几天将一挂挂葡萄剪下来、卖出去，给表弟赚取更多的学习费用。由于种出的巨峰葡萄个儿大、味甘甜，且能开胃消食、生津止渴，因此一直备受周边村民的喜爱，更有甚者，直言只要二福（二舅的小名）家的葡萄。

爱屋及乌，因爱吃葡萄，我对葡萄的关注自然也多了起来。在中国，最好的葡萄莫过于已有两千多年种植历史的吐鲁番葡萄了。那里生产的无核白葡萄皮薄、肉嫩、多汁、味美、营养丰富，素有"珍珠"的美称，其含糖量高达20%～24%，超过美国加利福尼亚州的葡萄，居世界之冠。盛夏季节来到吐鲁番，家家户户的葡萄架不但会带给你阴凉，好客的主人还会采来晶莹的鲜葡萄给你消暑解渴；即使是隆冬，在塔里木盆地一带的集市上仍可以尝到保存较好的葡萄。

俗话说"吃葡萄不吐葡萄皮"，但长期以来，国人喜欢吃葡萄吐葡萄皮。科学研究发现，人们的这一吃法并不可取，主要原因是葡萄皮中含有一种叫白藜芦醇的化学物质，这种物质具有良好的防癌、抗癌作用。此外，巴西的研究人员发现，葡萄皮中还含有一种可降低血压的成分，具有良好的降压和抗动脉粥样硬化作用。可见，葡萄的科学吃法应是带皮吃。

对于那时的我而言，葡萄承载着我对二舅的爱。直到有一天，我意外接到母亲的电话，被告知二舅没了，年仅49岁。

我始终想不通，二舅为何步履如此匆匆，来不及好好享受生活的甜美，便早早离去。长大后看惯了人情冷暖的我渐渐明白：生命的存在及其意义本身就是个谜。

如今，我仍喜欢吃葡萄，但更怀念我的二舅。

枇杷：一挂枇杷，一往而深

"一叶梧桐一报秋，稻花田里话丰收。虽非盛夏还伏虎，更有寒蝉唱不休。"此时，虽已到立秋节气，但火热的太阳丝毫没有收敛的意思。

路过水果店，传来一股熟悉的味道，黄澄澄的枇杷散发出清香的气味。我拿起一颗果子，它通体润泽细腻，微微隆起的圆弧在指腹间滑过，沁凉沁凉的。果蒂羞涩地包藏着玉脂琼酪，却掩盖不住初熟的甜美，一阵微酸涌上了眉间。

枇杷，又名蜜丸、琵琶果，与樱桃、梅子并称为"果中三友"。

唐代羊士谔曾写道："珍树寒始花，氤氲九秋月。佳期若有待，芳意常无绝。袅袅碧海风，濛濛绿枝雪。急景自馀妍，春禽幸流悦。"诗中的枇杷树如亭亭玉立的少女，不与人争春，而在万花凋零、秋叶飘落的晚秋季节里，才开始孕育花蕾，到寒冬开放，迎着雾雪，独显高洁，留下金丸，给人们以深刻的印象。当然，在现代技术的支持下，枇杷一年四季都能开花结果了。

苏轼的诗中亦曾提及这种水果："罗浮山下四时春，卢橘杨梅次第新。日啖荔枝三百颗，不辞长作岭南人。""客来茶罢空无有，卢橘杨梅尚带酸。"有人问他：卢橘是什么果子？他说"枇杷是也"。可见，古人早就品尝了枇杷的甜美，并用文字来赞美它。

枇杷在我国分布很广，但作为经济作物栽培的仅限于江苏苏州洞庭东、西山，以及南通、海门、扬州等地，洞庭东、西山的产量占全省90%以上，是我国著名的枇杷产区之一。

枇杷品种极多，通常根据果肉色泽可分为红沙枇杷、白沙枇杷两类，前者寿命长、树势强、产量高，但品质不如后者，著名品种有圆种、鸡蛋红等。苏州洞庭山大多种的是白沙枇杷，其果实均匀整齐，形如圆球而稍扁，肉厚汁多，肉色晶莹，肉质细嫩，酸甜适度，入口而化，爽口不腻，有"银蜜罐"之誉。

枇杷树全身都是宝。枇杷果实除了可食用外，还有药用价值，而枇杷叶煮水喝则更有奇效，既可化痰止咳，还可治疗胃热、呕吐等。

幼时，物质匮乏，平常很少见到枇杷，只有生病了，父亲才会从杂货店里买一罐枇杷罐头给我吃。记忆中，枇杷那份又甜又香的感觉一直在大脑里萦绕。于是，我小时候总盼着自己生病，这样就能吃到枇杷罐头了。青春流逝，那些字句被拆散、剥离、消融，全部消散在风里。只有"庭有枇杷树""亭亭如盖"这几个字眼在记忆的缝隙间残留隐动。

此刻桌上，白瓷盏底一汪青碧的茶水，微微泛黄，几片若有若无的枇杷花瓣悠悠地在水中翩然游动。茶水清润芬芳，令人唇齿含香。做了母亲后，孩子有个感冒发烧，我也喜欢买枇杷罐头给他吃。

每年立秋前后，本地枇杷大量上市。看着黄澄澄的枇杷挂满枝头，一个念头瞬间涌上：我要给孩子摘新鲜枇杷吃。

兜兜转转几公里，我终于在乡下路边找到了几棵野生的枇杷树。回去准备好梯子和剪刀，就开始摘枇杷了。蹬着梯子，爬上枝头，我小心翼翼地用剪刀剪下已经成熟的枇杷串，慢慢放入袋中，再挪动梯子，摘下另一棵树上的枇杷。采摘枇杷的过程中，有几回我脚没站稳，差点儿摔下来。

折腾了一下午，终于摘了满满一袋枇杷。回到家中，孩子迫不及待地打开袋子吃了起来，边吃边说道："今天的枇杷真好吃。"这一刻，我身上的汗臭味也不刺鼻了，疲惫感也顿然消失了。

"你想不想以后每年都能吃到这么香甜的枇杷？"

"想，是汪汪队（一部动画片里面的小队伍）坐着飞船送给我吗？"

"当然不是啦，我给你买了两棵枇杷树，现在我们一起为它挖坑，给它浇水，今后让它陪你长大，咋样？"

"好呀，好呀！妈妈，那我可以为这两棵枇杷树盖个小房子吗？这样下雨天它们就不会淋到雨了。"

儿子奶声奶气的声音让我的心犹如灌了蜜糖一样甜美。现在只要从幼儿园放学回来，他都要跑去看看他的好伙伴今天长了多少，叶子有没有变绿，小家伙期盼树上能早点结出果实的想法人尽皆知。

枇杷，你依旧深情不负我。从父亲到我，从我到儿子，在时光每一个转角处，你都陪伴在我左右，关于枇杷的爱，我们家将一直传承绵延下去，它像一个温润的老友，提点我面对真实的世界，感知真实的自己。

第二节 处 暑

芹菜：那座平房，那片故土

唐太宗登基后，便任命魏征为谏议大夫。魏征爱给皇帝提意见，而且态度严肃，言辞尖锐，有时在群臣面前不给皇帝留面子，使唐太宗感到很难堪。励精图治的唐太宗虽然知道魏征经常批评他是为了让他少犯错，但由于魏征老是板着一副严肃的面孔来进谏，谈话中没有一点轻松的气氛，所以总感到不愉快，于是唐太宗问侍臣们说："不知用什么好方法能使这位羊鼻公动情呢？"侍臣们说："听说魏征很爱吃醋芹，每次吃到这个菜他就会喜形于色。"

唐太宗心里有了主意。一天，唐太宗召魏征进宫一起吃饭。席间，太宗特赐魏征醋芹三碗。魏征非常高兴，饭还没吃，三碗醋芹已被吃了个精光，

而且魏征眉飞色舞，与唐太宗有说有笑。唐太宗看到气氛活跃起来，才开玩

笑对魏征说："你说你没有什么嗜好，不怕被别人拿住把柄，一味板着面孔进谏，可我今天亲眼看到你嗜食醋芹了。"魏征自知失态，赶紧起身谢罪。

自此以后，醋芹就出名了。醋芹是一种佐酒下饭的菜肴，是用普通的芹菜经过发酵之后调以五味烹制而成的汤菜。

昨日晚饭时，朋友母亲从田间采来一把香芹，与葱花放在菜油里一起清炒，满盘绿意葱茏，让整个房间传出清淡、朴实的味道。

朋友的居所在一条缓慢的河边，席间，与朋友共享着这份清香，思绪也飘散到了长满芹菜的溪畔、沟旁、湿地边。在云梦之泽做一个采芹人，一首遥远的歌——"思乐泮水，薄采其芹"——回荡于心间。

中国人食芹的历史已有两千多年，以《诗经》为证。古代士人若中秀才，到泮水之侧采一束芹菜，插在帽缘，以示其敬孔之心和立学之志。

大文豪苏东坡是位美食家，他的诗词中也有诸多与美食有关的佳文，如《菜羹赋》《食猪肉诗》《豆粥》《鲸鱼行》以及著名的《老饕赋》等。苏东坡极尽描绘之能事，引得后人馋涎欲滴。如"蜀人贵芹芽脍，杂鸠肉为之"，这是一道芹菜炒斑鸠胸脯丝的佳肴，后称东坡春鸠脍。

苏东坡被贬黄州时，自辟菜田数亩，每日躬身劳作，芹菜是他的日常时蔬。这道芹芽炒春鸠是苏东坡的创意菜。将鸡蛋清打制成白雪状，铺陈在盘子上，再把斑鸠肉和芹菜芽一起炒拌，不仅让滋味清苦的芹芽变得鲜嫩爽滑，更再现了"雪底芹芽"的自然画面。

"泥芹有宿根，一寸嗟独在。雪芽何时动，春鸠行可脍。"在漫长的岁月流转中，有些人有些字颇具转世之意味。多年之后，曹霑读到这首诗，改其名为"雪芹"，意为"雪下之芹"，他又自号"芹圃""芹溪居士"和"耐寒道人"，可见，曹雪芹对"芹"的迷恋。

"芹"字与"勤"字谐音，寓意勤奋。《红楼梦》这等巨著是曹雪芹所作，亦是勤之所作。

宜兴东坡书院背靠蜀山，书院和山都因东坡而名。有一年途径东坡书院，我未踏进院内，而是在一旁的小平房处停留，等人，此时正值处暑，风已有凉意，却仍觉盛夏未退。

这座小平房在躁动的暑气中更显安静，空气中弥漫着晚稻秸秆的气息。这里不远处是不是有农田？在墙角与一块搓衣板之间的缝隙处，一株药芹静立，它背靠一抹阴影，又能吸取少许阳光，角落处湿气足，是一块良好的安居之处。这株药芹亦有少时似曾相识之感，少年的故土中有诸多这样安静的角落，那里布满了不起眼的草木，安静却又能远离暑气。

朋友来了，那是我十五年未见的好友，名芹。

百合：百年好合，百事合意

2017 年 8 月 23 日，虽已是处暑节气，但秋老虎却越发厉害，近 40℃ 的高温炙烤着江南大地，让上班族恨不得整日躲在空调房里。

"你回来了，正好给你熬了绿豆百合汤，歇会儿赶紧喝吧。"丈夫看着满脸倦容、顶着烈日在外忙碌了一天的李佳说道。

"你今天怎么这么好，有时间给我熬汤？"躺在沙发上，李佳懒洋洋地问道。

"看你忙，就想着给晒成黑炭的你当个临时煮夫，绿豆百合汤清热解毒，可以给你降降体内的火气。另外，我还买了你喜欢的百合花，这两天你看着

它盛开，心情应该会愉悦一些。"丈夫缓缓说道。

顺着话音，李佳看到了餐桌上的百合花。只见五片淡粉色的花瓣不紧不慢地环抱在一起，雅致的姿态配上青翠娟秀的叶片以及亭亭玉立的茎干，让李佳劳累了一天的身心瞬间得到了释放。

百合，一种从古到今都受人喜爱的世界名花。宋庆龄平生对百合花就颇为赏识，每逢春夏，她的居室都经常插上几枝。当她逝世的噩耗传出后，她生前的美国挚友罗森夫妇立即将一盆百合花送到纽约中国常驻联合国代表团所设的灵堂，以表达对她深切的悼念。

中国人喜爱将百合与婚姻联系在一起，寓意爱情的纯洁、美好，更祈盼一对夫妻能够百年好合、白头偕老。

与他成婚，常有人对李佳说："这桩婚姻，是你高攀了！"

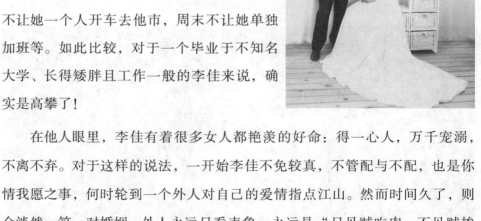

原因无外乎他毕业于名校，工作单位属于全球 500 强，外形俊朗且性格豪爽直率。最重要的是，在外人看来，他还很宠李佳，不让她一个人开车去他市，周末不让她单独加班等。如此比较，对于一个毕业于不知名大学、长得矮胖且工作一般的李佳来说，确实是高攀了！

在他人眼里，李佳有着很多女人都艳羡的好命：得一心人，万千宠溺，不离不弃。对于这样的说法，一开始李佳不免较真，不管配与不配，也是你情我愿之事，何时轮到一个外人对自己的爱情指点江山。然而时间久了，则会淡然一笑。对婚姻，外人永远只看表象，永远是"只见贼吃肉，不见贼挨揍"。

有朋友第一次见到他，对李佳说："姐们儿，你把他让给我吧！"也有长辈见到他之后，回去和家里的妹妹说："你将来找对象，就得找像你姐夫这样的。"

李佳庆幸自己没把玩笑话当真，两个人过日子，别人的品头论足只会让自己徒增烦恼。他的坏脾气、低情商也不是别人见一次就能领略的。

殊不知，他工作繁忙，常年无休，家务事、孩子教育、老人生病等琐事都要李佳自己来承担。李佳怀孕时，自己一个人去孕检；生孩子时，他还在外地出差；他偶尔遇到工作不顺，内心压抑时，也会冲李佳发脾气，说的话句句直戳人心。生活有风刀霜剑之时，婚姻有凄风苦雨之时，只有傻白甜才会相信撒娇女人最好命。

在李佳看来，婚姻相处，更注重契合度，两个人只有经过深层次的灵魂交流，你知我心，三观相符，才能走得长远，如若没有交流，用四个字——"貌合神离"形容再恰当不过了。

李爱玲在《婚姻里那些好命女人》中写道："能够幸福的人，从来不是叫嚣、嘶喊着非要过好日子的人，而是那些从容、笃定、无欲则刚、宠辱不惊的人；能够被宠爱的人，从来不是逼迫、强求男人给予爱的人，而是那些云淡风轻地接纳、不动声色地支持、给对方足够的空气和土壤、充分的鼓励和力量的人。她们信得过自己，也信得过爱人。真正的勇敢，不是无所谓，而是无所畏。她们能坚持、坚信、坚守，所以能自爱、施爱、被爱。"

也许仍然有人说：还是她们命好，遇上个靠谱的男人，高攀了对方。那么，她们为什么会遇上靠谱男人？因为她们自己就是靠谱的女人，两人内心的共鸣与契合也无高攀一说。

中国人喜欢送亲朋好友百合花，在他们看来，收到百合花祝福的人往往具有单纯天真的性格，集众人宠爱于一身。不过光凭这一点，婚姻并不能平静度过一生，婚姻里的两个人必须具备自制力，能够抵抗外界的诱惑，共同努力，相互体恤，这样才能保持不被污染的纯真，才能百年好合，百事合意！

木耳：黑土地上出黑金

8月底，处暑节气刚过，与南方的高温桑拿天不同，此时蒙古冷高压开始跃跃欲试，出拳出脚，小露锋芒，在它的控制下，东北率先开始了一年之中最美好的天气。秋高气爽，人们也开始穿上了衬衣、长裤。

此时，由于气候日渐干燥，除了感觉心情莫名烦躁外，很多人早晨起床后会觉得身体缺水，即使饮用一大杯水，也难以解渴。

　　"心情要好，要用平和的心态对待一切事物，个性要收敛。另外，还可多吃点木耳、胡萝卜等养阴润燥的食物。"这是养生医生在电视节目中就主持人提出的预防"秋燥"话题后常说的一句话。

　　的确，色泽黑褐、质地柔软、营养丰富、可素可荤的木耳是养生佳品，其新鲜爽滑的口感在为中国菜肴大添风采的同时，还有养血驻颜、令人肌肤红润、防止血管老化等功效。

　　要说名气，拥有得天独厚地理资源的牡丹江木耳名气最大。

　　牡丹江市位于黑龙江省东南部，地处中、俄、朝合围的"金三角"腹地，由于濒临日本海，因此属海洋（半湿润型）中温带季风气候。该地区昼夜温差大，林业资源丰富，优良的山泉水适宜黑木耳等多种真菌类名贵食用菌的生长。其产出的木耳具有朵大均匀、耳瓣舒展少卷曲、体质轻、吸水后膨胀性大等优点，深受诸多食客的追捧。不过，在当地人看来，这是大自然的馈赠、光阴的礼物。

　　除木耳外，黑龙江省还有两件宝：石油、石墨。

　　大庆油田是继第一座大油田克拉玛依油田被发现后，于1959年9月26日发现的又一个大油田，而后发展成为中国最大的油田、世界级特大砂岩油田。

　　或许有人对大庆油田了解不多，但如果说到王进喜，却是无人不知，无人不晓。当年大庆油田第一口油井打好之后，员工王进喜的腿被滚落的钻杆砸伤。他顾不上住院，挂着拐杖、缠着绷带连夜回到井队，这时突遇第二口油井即将发生井喷，在没有重晶石粉堵塞井喷的危急时刻，他当机立断，用水泥代替。水泥沉在泥浆池底时必须搅拌，但是现场却没有搅拌机，于是王进喜便扔掉双拐，纵身跳进泥浆池，用身体搅拌泥浆。在他的带动下，工友们也纷纷跳进泥浆，经过三个多小时的奋战，井喷终于被制服，油井和钻机保住了。

"铁人"是 20 世纪五六十年代的人们送给王进喜的雅号，而"为国分忧，为民族争气""宁可少活二十年，拼命也要拿下大油田""有条件要上，没有条件创造条件也要上""甘愿为党和人民当一辈子老黄牛"的铁人精神无论在过去、现在和将来，都有着不朽的价值和永恒的生命力。它同当今社会所倡导的"工匠精神"一样，无论岗位高低贵贱，无论工作环境好坏，每个人都应为之付出努力，在平凡的岗位上做出不平凡的业绩，引领时代的发展。

与常年受到广泛关注的石油不同，石墨在近几年才受到关注，但让人没有想到的是，其价值却比石油还要高！

不少市民会觉得一块普通的黑石头有什么特殊之处？你可别小看它的魅力。石墨是碳元素的一种同素异形体，俗称"黑金"，拥有耐高温性、导电性、化学稳定性以及可塑性等诸多特点，是现代国防工业及高、精、尖技术发展中不可或缺的重要战略资源。目前黑龙江石墨探明储量约占世界石墨储量的45%，占全国的60%以上。

关于石墨的未来，已有大批重量级科学家们在公开场合表示：为将石墨"点石成金"，黑龙江省将着力把石墨产业打造成新支柱产业，推动大批高、精、尖装备升级换代，建成全国乃至世界重要的石墨加工基地。

　　这些强有力的话语令人振奋，心潮澎湃，似乎让人们看到了诸多"黑金"在黑土地上熠熠发光、呈现别样风采的画面。然而，木耳、石油、石墨，无论是食物，还是矿产资源，无论在远古，还是现在，每一项事物的兴盛都离不开黑土地上人们的辛勤劳作。

第三节 白 露

苤蓝：粗粮饭店的凉拌菜

怜惜是另外一种成分的爱情。怜是爱怜，是深深的同情；惜是爱惜、是珍视，不舍得丢弃一丝一毫。有哲学家说：爱在本质上是一种指向弱小者的感情。怜惜正是这样一种最本质的爱，一种完全发自内心地愿为对方的快乐与幸福付出的心态。但怜惜不是怜悯，怜悯有一种居高临下的施舍，带着一点优越和施惠。

年轻时，倪琴是家里的小公主，志宏家则相对贫穷，为了改善家庭现状，19 岁起，志宏便外出打工。许是他的帅气吸引了倪琴，许是他的追求方法比别人更有诚意，许是因为怜惜，让倪琴这个一向在意浪漫且骄傲的女孩决定嫁给他。

他们的爱情是在相互怜惜中日益深厚的。或许是因为他骑自行车带着倪琴时熟悉的背影，或许是那份心里的踏实。

因为怜惜，他们彼此所做的一切都是为了让对方感到幸福和快乐；因为怜惜，他们不愿做一点伤害对方的事。他们从怜惜里生长的爱情足以让他们觉得彼此不可或缺，他们将相互爱怜着，共度一生。

孩子出生后，志宏利用自身专长开起了小餐馆，取名"粗粮饭店"，倪琴一下子从公主变成了服务他人的老板娘。

苤蓝是一种有着大大扁扁的肚子，偶尔头上会长出几根绿色犄角，以茎为食用部分的蔬菜。奇怪的外形让其原本短小的茎看起来如机动车的方向盘一般厚实。它原产于地中海沿岸，后传至中国，现北方播种居多，各地叫法大不相同，东北人叫"芥菜疙瘩"，四川人叫"大头菜"。或许有人会觉得它很陌生，但只要提到八宝小菜，你便会觉得很熟悉，没错，它就是里面的主要菜类。

由于口感比较粗硬，还有很浓的芥子气味，因此苤蓝基本不用来鲜食，但就是这一味道，和盐酱醋杂糅起来，就变成了独特爽口的香气。

酸辣苤蓝是粗粮饭店的特色凉拌菜，爽口的味道加上苤蓝丰富的维生素E和防癌抗癌的功效，让每位就餐的食客欲罢不能。

白露时节，天微凉，阳光正好，苤蓝大量上市。志宏忙着腌制苤蓝，放盐、搁醋、加糖、拌辣椒……烦琐的程序一气呵成。在倪琴看来，这是丈夫最美、最真实的背景。

"蒹葭苍苍，白露为霜。所谓伊人，在水一方。"

志宏不是一个浪漫的男人，也不会给倪琴制造惊喜。几年前，他还很穷，过情人节时，他就把报纸上的玫瑰花剪下来，再买个10块钱的戒指送给倪琴，虽然不漂亮，但倪琴却像宝贝一样戴着。

没嫁给志宏时，倪琴还不像现在这么傻，甚至可以说有一点点精明，如今却鬼使神差地越来越依赖他，做什么决定都要先问他的意见，无条件地百分之百信任他，没有他在身边就会感到很无助，就像小孩常说"我得回家问问我妈"一样，遇事时，倪琴说得最多的便是："我得先问问我丈夫，和他商量一下。"

其实，每一个傻女人的背后都有一个过分纵容她的老公，她的傻让现代年轻人打心眼儿里羡慕。速食爱情的时代已经少有这样长久、彼此怜惜的爱恋。有些感情是指甲，剪掉了还会重生，无关痛痒；而有些感情是牙齿，失去以后，永远有个疼痛的伤口无法弥补。

结婚二十四年，他们的生活已经被彼此渗入。他们的关系不仅仅是夫妻，更是兄妹、合伙人、老街坊，他们心里都很清楚，如果让彼此分开，必是一种拆股割肉般撕裂的痛，庆幸至今没有一种外力和诱惑让他们去承受这种痛。我想，再大的诱惑也不会让他们分开了。

"我能想到最浪漫的事儿，就是和你一起慢慢变老，一路上收藏点点滴滴的欢笑，留到以后坐着摇椅慢慢聊。"正如那盘酸辣苤蓝，酸酸甜甜都是爱，也只有经历过酸甜苦辣，才能明白爱的真谛、生活的不易。

红薯：岁月深处红薯香

"杨姨，给我来两份烤红薯。"

"好嘞，五分钟后就好。"这位60岁出头、说话大嗓门儿的女主人虽身型略胖，但对顾客却总是慈眉善目，让人忍不住亲近。

"秋风何冽冽，白露为朝霜。"白露，仲秋的开始。此时天气转凉，清晨的草叶上时常会凝结晶莹的露珠。古人以四时配五行，秋属金，而金色白，故以白形容秋露。白露过后，温差渐大，此时街头巷尾便会出现烤红薯的摊位，这是四季与我们心照不宣的默契。

烤好的红薯外皮焦黑，丝毫不起眼，但只要一剥开外皮，里面金黄色的瓤儿便露了出来，并冒着热腾腾的香气。心急的食客等不及，一边吹气，一边小口小口地咬了起来，还时不时地伸出被烫的舌头凉快。

去的次数多了，和杨姨一家也就熟络了起来。1972 年，19 岁的她嫁给了大她 4 岁的马叔。在和马叔经营自己小家的同时，她还要照顾马叔的弟弟。之后，三个孩子相继出世，各类生活琐事让杨姨吃尽了苦头，好在她咬着牙熬了过来。

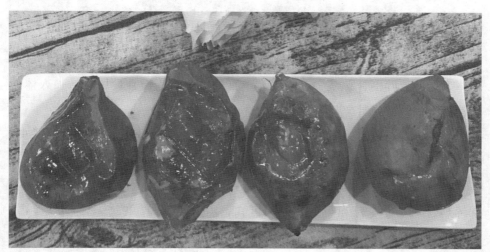

如今，杨姨家三个孩子都已长大成人，每年过年家里大人小孩笑成一片是这个幸福家庭最好的缩影。操劳了一生，杨姨终于可以静下心来歇会儿，但她闲不住，悄悄支起了这个烤红薯摊子，每天忙得不亦乐乎。

"你阿姨是一个伟大的女人。"一向不善言谈的马叔突然冒出这样一句话，着实让人感到意外。仔细一想，这个陪杨姨走过风雨、看过夕阳的人说出这样的话，实乃肺腑之言。

一方水土养育一方人。红薯，在北方叫红薯，到了南方则叫山芋。

山芋的秧苗，俗称山芋藤。过去，在大人眼里，它是喂猪的饲料，但对孩童来说，却是天然的玩具。幼时，我常与同伴一起将山芋藤掰下来，折成一小段一小段，做成手链、项链、耳环戴在身上，与同伴一起嬉戏。

三十年河东，三十年河西。有谁能想到当初被农人弃置不用的山芋藤，

近年来，因其诱人的保健功能而受到了食客的热捧。山芋秧蔓顶端的 10～15 厘米及嫩叶、叶柄合称茎尖，它含有丰富的维生素，经常食用可增强人体的免疫能力，香港人赞誉其为"蔬菜皇后"。

现在，这道来自乡野的青翠欲滴的清炒山芋藤已登上寻常人家的餐桌，成为护佑人们健康的新型保健菜品。

在我们的记忆里，山芋已经如山芋藤般绵绵延延，漫过岁月和乡愁。但你可知，山芋并不是土生土长的国货，这一点从山芋的别名"番薯"便能略知一二。

"一笑山叶宵红，更餐番薯。"旧时国人习惯把他国的物品称为"番"，如广东人将外国叫"番邦"，还有大家熟知的"番石榴""番茄""番瓜"等。番薯原产于拉丁美洲，哥伦布发现新大陆后，番薯传入欧洲，又经西班牙人传至摩洛哥、菲律宾。在明朝万历二十一年即 1593 年，由陈振龙引进到福建。

陈振龙（约 1543 年—1619 年），福建省长乐县青桥村人。20 岁前中秀才，后乡试不第，遂弃儒从商，到吕宋岛（今

菲律宾）经商。他见当地种有朱薯，耐旱易活，生熟都可食，有"六益八利，功同五谷"的说法，于是，不顾西班牙政府不许朱薯出口的禁令，将薯藤绞入汲水绳中，渡海带回福州培植。令人欣慰的是，这种食物一经传入中国，即如春风野草，蓬勃地在祖国大江南北生长起来。

逢年过节，杨姨家的饭桌上总少不了一道拔丝红薯，香甜晶莹，外酥里糯的口感颇受孙子、孙女的欢迎。还未上桌，孩子们的眼睛便亮了起来，争相夹上一块放在嘴里，享受那份拉丝的乐趣，宴席也因此增添了几分热闹，杨姨和马叔则在旁边笑盈盈地喊道："慢点慢点，吃完还有。"

韶华易逝，容颜易老；岁月深处，幸与你伴。总有一天，你会和杨姨一家一样感到生活的香甜，也会发觉那种烤红薯般的软绵柔暖越发历久弥新、历久弥坚！

第四节　秋　分

石榴：让人生焕发光彩

2013 年 9 月，19 岁的吴曦正式成为陕西师范大学的大一新生，此时她的心情正如这秋分节气一样——晴空万里，祥云朵朵。

作为中国五大石榴产地之一，西安的大街小巷自然少不了石榴的身影。不远处，石榴树迎风摆动，橙红色、圆滚滚的石榴让人口水止了又止。同摊贩买一个，随手剥开外皮，只见玛瑙般的籽儿紧紧依偎在一起，红白相间，晶莹剔透，抓一把放入口中咀嚼，酸溜溜、甜津津，整个人顿时清爽了起来。

能够到这里读大学，吴曦用尽了洪荒之力。21 世纪初，尽管校方努力抓、老师努力教、学生努力学，但吴曦就读的那所普通高中本科达线率仍不高，甚至可以说凤毛麟角。看到考大学无望，部分同学中途离开，提早进入社会大学，有的则想办法去当兵。

自从升入高二，吴曦就在想，像她这样家境一般、成绩一般，却又不想过早嫁人的学生，面对接下来的高考，该如何选择？

吴曦思来想去，最终想明白了：利用自身口语表达优势考取艺术类院校是让自己摆脱困境的唯一出路。

"最可爱的是它的花，那对于炎阳的直射毫不避易的深红色的花。单瓣的已够陆离，双瓣的更为华贵，那可不是夏季的心脏吗？单那小茄形的骨朵已经就是一种奇迹了。你看，它逐渐翻红，逐渐从顶端整裂为四瓣，任你用怎样犀利的劈刀也都劈不出那样的匀称，可是谁用红玛瑙琢成了那样多的花瓶儿，而且精巧地插上了花?"这是著名文学家、诗人郭沫若笔下的石榴花，该文写于 1942 年，文章借石榴寄托情怀，赞扬了石榴不怕威压、奋发向上的品格，也含蓄地抒发了作者执着坚定的信念和热切的追求。

　　吴曦期盼自己有一天也能像石榴花一样历经风雨的洗礼，开出绚烂的花朵。

　　从这之后，吴曦一直在忙碌，忙着学普通话，请老师纠正带着浓厚乡土味、前后鼻、平翘舌不分的发音；忙着上小课，为让自己能在短时间内有一门艺术特长。吴曦之所以甘愿做这些，其实是为了直面母亲整日的唠叨：母亲希望她的女儿将来能成为一名播音员或者记者，而吴曦则希望能够有个大学收留她，可以不过早地和琐碎的家务事打交道。

　　金秋九月，阳光正好。吴曦如愿来到了陕西师范大学，偌大的校园充满了艺术气息。播音主持专业的同学个个字正腔圆；摄像专业的小伙儿个个业务过硬；舞台上老太太的扮演者今年只有 20 岁，是该校表演专业的一名学生……初来乍到，吴曦已迫不及待地想要在这里度过人生最美的年华。

　　石榴在民间是象征多子多福的吉祥物。过去中秋祭月时，它是不可或缺的贡品。每年 5 月中旬，青涩的小石榴偷偷藏匿于花朵与绿叶丛中，在阳光的照射下慢慢长大，颜色也从青色慢慢向青黄、橙色、橙红转变。到了秋分时节，沉甸甸的枝头像是挂满了小灯笼，在向人们传递丰收的喜悦。

喜欢吃石榴的同时，吴曦也同样希望自己能够结出丰硕的果实。

曾几何时，为让自己的专业更扎实，吴曦独自在视听室做拉片笔记，一个镜头一个镜头地分析，这一做就是三个星期；曾几何时，为了增强自己的实践能力，她积极到地方媒体实习；曾几何时，她积极参与学校电视台栏目的策划及编导。为了拍毕业作品，她和摄像师跟着三轮车夫在大街上跑了一趟又一趟，为的是能捕捉到最真实、最贴近生活的镜头；为了将新闻事实讲得清晰明了，凌晨一两点，吴曦还在研究专题性新闻稿件的写作技巧。

功夫不负有心人。毕业典礼那天，吴曦收获了优秀论文、优秀作品、优秀毕业生等荣誉，之前的挑灯夜战、周末的不懈付出都值得。

吴曦心想，未来她一定会成为某家媒体的工作者，"铁肩担道义，妙手著文章"，用手中的镜头记录当下发生的事情，做好舆论监督，做一名当之无愧的无冕之王。

熟透了的石榴挂在枝头，有时会悄然炸开皮，那情形就像调皮的孩童张大了嘴，露出了整齐的牙齿，此刻它就像吴曦幸福的笑容，用尽全力开出了美丽的花朵，等待她的也将是绚烂、光彩的人生。

哈密瓜：爱情，守还是弃？

哈密瓜味甘如蜜，奇香袭人，享有"瓜中之王"的美称，是爱情、幸福、甜蜜的代名词。哈密瓜与爱情在冥冥之中有着千丝万缕的关系。

爱情永远是饮食男女生命中的希望。或许，你一直在等待，等待他的出现。

终于有一天，你遇见了他。

"只是因为在人群中多看了你一眼，再也没能忘掉你容颜……想你时，你在天边，想你时你在眼前……"或许你们之间本身就是《传奇》。相遇之初并不知什么是爱，只知道见不到他，你的心中空荡荡；看见他，你的心中便充满了阳光。

或许，这就是爱情。

有一天，你一定会遇到那个让你觉得遇见他是一件被祝福的事，因为你等待的那个人，他也在等待着，等待在正确的时间遇到最好的你。

象牙塔里的爱情是人们认为最纯真的爱情。饭点，青涩的男孩早已打好饭，里面不仅有心仪姑娘爱吃的鸡腿，还有她喜欢的水果拼盘；选修课，他早早去占座位，趁老师在黑板上写字，彼此悄悄儿对视一眼；熄灯后，他们躲在被窝里互发短信，直至手机发烫，仍不肯互道晚安，每个月包月 500 条短信，似乎都不足以说出彼此间的依恋和欣赏。

这一切的一切似乎都在记录着我们曾经放荡不羁的青春年华，但能够修成正果走向婚姻的情侣却少之又少。

世间美妙始于春，盛于夏，成于秋。当爱情走向成熟，一对情侣迈入围

城时，往往会发现，婚姻不止需要真爱，还有更多的物质影响。一句"我爱你"，可以温暖你的心，却不能填饱你的胃。

"便宜卖啦，便宜卖啦，哈密瓜0.9元一斤。"窗外，一阵激昂的女高音瞬时冲击着我的耳膜。秋分后的哈密瓜就像婚姻一样由热转凉，即使再便宜，也很少有人愿意掏腰包购买。

当今社会，经济的繁荣带来了物质文化水平的提高，然而人们的精神世界却越来越荒芜，人与人之间的关系也变得越来越冷漠。那种纯真的爱情成了神话，婚姻似乎也越来越难以维系，以至于近十二年来，我国离婚率逐年攀升。

女性如何让自己变得优秀、有价值，如哈密瓜一般散发出独特的魅力，芬芳迷人？不断完善自我、提升自我是最佳途径。职业女性要在有限的上班时间内少聊天、多做事，既要耐得住"昨夜西风凋碧树"的清冷和"独上高楼"的寂寞，也要努力下真功夫、苦功夫、细功夫，坚持学用结合，学有所悟，在学习和实践中谋得"更上一层楼"的途径。

时至秋分，屋外蝉声阵阵，艳阳高照，却仍让人感到秋意渐凉，万物开始萧条。或许哈密瓜只有在历经秋叶飘落、冬日寒冷过后，才能真正迎来春日的希望吧。到那时，它又会集万千宠爱于一身。正如爱情，不管你对多少异性失望过，都没有理由对爱情失望。给时光以生命，给爱情以信心，给自己以足够的学识、才华。或许你也曾被他人丢弃，但只要你相信，总有一天，爱情会在你看得见的地方发光。

玉米：黄土地上圆圆的月

一张小方桌，上面摆一些葡萄、苹果、梨子、红枣等，一瓶酒、一个小酒盅、一包香烟，再将两个月饼平均切成八瓣，装在盘子里，一个供桌就形成了。

这样的仪式在山西晋中一带叫"供月"。

村民们讲究供月，是对月神的敬畏和尊重。供月的时间要从八月十五当天月亮升起时开始，一直供到夜里12点以后。

听村里年长的人说，黄土高坡沙尘多、雨水少，一年的收成好坏全凭老天爷说了算。每年中秋，家家户户地里的高粱、黄豆、苹果、葵花籽、谷子等都收回来了，靠天吃饭的庄稼人个个眉开眼笑，于是便在供桌上摆上各类食物，借月饼来庆贺丰收，向住在天宫的各路神灵表达谢意，希望能够继续得到众神的保佑，来年风调雨顺、五谷丰登。

秋分是踏秋的开始，作为昼夜均分的节气，气候也开始由热转凉。据史书记载，秋分曾是传统的"祭月节"。如古有"春祭日，秋祭月"之说。现在的中秋节则是由传统的"祭月节"而来。据考证，最初"祭月节"是定在"秋分"这一天，不过由于这一天在农历八月里的日子每年不同，不一定都有圆月，而祭月无月则是大煞风景的。所以，后来就将"祭月节"由"秋分"调至中秋。

每年中秋节恰逢赶上收玉米。

从地里刚收回来的玉米穗湿漉漉的，容易腐烂，为方便存放，家家户户都会将玉米装进麻袋，扛到房顶上晒干。

如此一来，扛麻袋也就成了每年中秋供月前父亲必干的一项苦力活。大姐、二姐将玉米穗一根一根地往宽约80厘米的棕黄色麻袋里装，一个麻袋可以装大小不一的150多根玉米穗。

等到装满后，父亲将提前备好的细绳在鼓鼓囊囊的麻袋口来回缠绕、扎紧，双手用力向上托举，两个姐姐一人抓一个麻袋尾巴，就这样，上百斤重的玉米被父亲轻而易举地扛在了肩膀上。

月光如洗，晚风轻拂。父亲会顺着梯子，一步一步地爬向房顶。

到了房顶，再把玉米穗从麻袋里倒出来，一个个摊开。这样做，为的是接受第二天阳光的暴晒，使其不易霉变。等到冬天或者来年有人收购的时候，卖个好价钱。

月光中，父亲的身影在穿行，装袋、爬梯、分摊，如此往复，一晚上，父亲可以将3000多斤玉米全部扛到房顶，来来回回爬梯子60多趟。

干活干累了，父亲会在供桌旁席地而坐，披一身月光。他长满老茧的双手在裤子上摩擦几下，再用手轻掸身上的灰尘。月光下的父亲似乎怕月神看见他不干净的样子。

把自己简单收拾一番后，父亲会从上衣口袋里摸出火柴，右手轻划火柴棍，相继点燃刚从供桌烟盒里抽出的两支香烟，一支递到自己的嘴里，一支放在桌边让其慢慢燃烧。

父亲一边抽烟，一边遥望着月亮喃喃自语："今年的收成特别好，玉米收了近4000斤，葵花籽装了满满8尼龙袋，黄豆近千斤。等冬天把它们卖了，可以赚到万把块钱，娃们过年可以买件新袄了，明年开学也有钱交学费了。"

有时，他会再拿起方桌上的小酒盅，倒满酒，双手端着酒杯举过头顶，对着月亮前后轻轻晃动，接着将酒洒到地上，留下一个20厘米左右的印子，把酒盅放到桌上后，他会双手合十，闭上眼睛，沉默十几秒。这样的祭祀方式每年中秋都要重复几次。

看着父亲一系列虔诚的动作，幼小的我常常在一旁暗笑，心想：月神应该不会被这不到10块钱买的酒还有一支烟给收买了吧。

偶尔，我会淘气地站在父亲面前，挡住他看月亮的视线。这个时候，他会眉头一皱，大吼一声"走开"，我则继续在他面前扮鬼脸，或是拿个吃的往他嘴里塞，等到他真要发火的时候，转身一溜烟似的跑开。

一次，我依偎在他身边，顺着父亲的视线看月亮。金黄的玉米在圆圆的月亮映衬下闪闪发光，好像闪进了人的心里。我似乎看到了父母每年卖玉米后反复在家里点钱的兴奋样儿。

姐姐们装袋的时候，母亲在厨房忙活着晚饭。看到满头大汗的丈夫，以及满身泥土的女儿们，母亲赶忙递上洗脸水和毛巾，让他们洗去头上、脸上的灰尘。

趁他们洗漱的间隙，母亲会喊我和妹妹把饭菜端出来，并摆好碗筷。

就这样，我们一家人在院子里围着饭桌，桌上有一碟花生米、一盆炒萝卜丝、一盆醋熘白菜，我们吃着馒头、稀饭和菜，赏着月亮，你一句，我一句，好不热闹。

大学毕业后，我只身一人来到了千里之外的江南水乡，这是一个和山西晋中风土人情、饮食习惯截然不同的城市。在这里，我学会了一个人上班，一个人做饭，一个人修水龙头，一个人逛街，一个人装柜子，也常常一个人静静地看月亮。

当然，我更热衷做的是一个人买车票回家，哪怕这张票凌晨 5 点就要开始等候，21 个小时才能到家。

秋分过后，天渐凉；漂泊久了，人成熟。身上日渐增加的衣物让我深深意识到那金黄的玉米、圆圆的月亮的重要性。

第五节　寒　露

茼蒿：秋末茼蒿香

"我们今天讲二十四节气中的寒露。谁能告诉我，寒露有什么样的节气特点？"阅读课上，语文老师对学生进行发问。

面对老师的提问，学生们各个面面相觑。

"我换个问法，有谁知道茼蒿这种蔬菜？"

"老师，我知道，我爸妈经常拿它清炒来吃，但我不喜欢吃，因为它有一股怪怪的味道。"

"老师，我喜欢吃，就是因为它有怪味，所以我才喜欢吃，它绿油油的根叶很是招人喜欢呢。"面对老师换个方式的提问，学生们争相回答道。

"同学们，茼蒿便是寒露里农民伯伯要播种的蔬菜，等到春节前后，我们

就可以吃到新鲜的茼蒿了。"老师慢悠悠地回到主题，台下的学生们恍然大悟。

农谚道："寒露时节天渐寒，农夫天天不停闲。小麦播种尚红火，晚稻收割抢时间。"在江南，不热不冷的寒露正是短日照、喜湿冷温润的茼蒿的最佳撒种时节。见过了餐桌上清炒茼蒿的小学生，对茼蒿的生长习性却一概不知。

茼蒿是乡间常种植物，无论土壤肥沃还是贫瘠，它都能恣意生长，和着泥土的芳香，为田野涂上一抹绿。由于叶子像菊花的叶子，且带着菊花的清香，所以茼蒿又叫"菊花菜"。茼蒿还有一个特点，就是不易保鲜，采摘回来必须尽快烹煮，否则缩头很大，满满一盆只够炒一盘。

"成也香，败也香"，喜欢茼蒿和讨厌茼蒿的人可谓两个极端，均因它特殊的气味，这一点如香菜、大葱一样。

不过正是因为这一特殊的气味，才让茼蒿从不生虫，并且其胡萝卜素的含量极高，约是黄瓜、茄子的30倍，茼蒿自古就有"天然保健品，植物营养素"之美称。同时，它也受到了诸多文人雅士们的赞誉。陆游《初归杂咏》诗云："小园五亩剪蓬蒿，便觉人迹间可逃。"诗中的蓬蒿指的就是茼蒿。在古代，茼蒿更是专门献给皇帝食用的贡品，所以又叫皇帝菜。吃腻了大鱼大肉的人们，在餐桌上发现这一盘翠绿的茼蒿仿佛沙漠的行人见到了绿洲。

"同学们，通过刚刚图文相结合的讲解，你们对茼蒿是不是有了更深的了解？"课堂上，老师继续问道。

"是的。"不少同学纷纷点头，原来不起眼的茼蒿背后还有这么多故事。

"那好，说完了寒露，谁能给我介绍一下二十四节气中另外一些节气的特点？"老师的提问再次难住了在场的同学。

"老师，我可以背出二十四节气歌：春雨惊春清谷天，夏满芒夏暑相连。秋处露秋寒霜降，冬雪雪冬小大寒。"甲同学背完，其他同学哄堂大笑，因为他有些答非所问。

上述课堂现象并非个案，21世纪经济迅速发展的同时，熟知中国传统文化的学生少之又少。为了完成课业，不少学生必须埋头苦读、挑灯夜战，对生活中的点滴疏于观察。

于是，"国学热"悄然兴起。《三字经》《弟子规》在被冷落了近百年后，又一次红了起来，成了家长对孩子进行国学启蒙的最爱。

中华文化源远流长、广博精微，国学经典中蕴藏着中华五千年历史的智慧精髓。当我们试图从传统中寻找能代表中华民族的精神和文化象征时，挖掘传统文化及儒家思想中有价值、有益的思想资源就成为很自然的事，这也是每一个中国人文化自信和文化自觉的一种表现。

如今，茼蒿因绿色、纯天然而备受人们青睐。华人作家刘墉曾写道："茼蒿既可以蔬，又可以赏，又有着乡情浓郁之味、田园的依稀印记，一举而数得。"

如今，"弟子规，圣人训。首孝悌，次谨信。泛爱众，而亲仁。有余力，则学文"，"人之初，性本善。性相近，习相远"等诸多国学经典诵读在各大学校广泛开展。从初等教育抓起，或许数年后，每个中国人脸上都会因此而洋溢着幸福和谐的笑容。

　　散发着浓浓清香的茼蒿背后有着诸多故事，朗朗上口的国学经典是中国几千年的文化内涵。于我一介草民来说，日后好好品味，不断认真揣摩、不断提升自身学识才可。

栗子：美食传承舌尖味道

　　寒露，秋意渐深，我国南岭及以北的广大地区均已进入秋季，东北和西北地区已进入或即将进入冬季。此时的江南总是令人心旷神怡。桂花飘香，菱角成熟，菊黄蟹肥，栗子微笑，各类时令果蔬让人顿觉万物皆美好。

　　"黄花栗里秋光满。"栗子原产于中国，历史悠久。西汉司马迁在《史记》的"货殖列传"中就有"燕，秦千树栗……此其人皆与千户侯等"的明确记载。新鲜的板栗生脆鲜甜，风干几天后，吃起来更为细腻甘甜。

　　糖炒栗子是深秋街头最具杀伤力的散香利器，其张弛有度、余韵悠长，是绝佳的零食。20 块钱一斤，买一袋揣在怀里，趁着热乎劲儿，边走边吃，腮帮子被塞满，嘴里皆是糯糯的香甜味。

　　栗子虽香，板栗花却臭。每年梅雨季节正值栗子树花期，枝枝杈杈上面布满了绒毛，犹如诸多毛毛虫在蠕动，加上浓郁、怪异、涩中带腥的味道，常令整日打理它的主人心烦意乱。但到了农历九月寒露时节，主人却又欢喜起来，熟透的板栗在枝头显得摇摇欲坠，预示着秋收的喜悦。

　　中国当代作家、散文家汪曾祺这样描述栗子："栗子的形状很奇怪，像一个小刺猬。栗有'斗'，斗外长了长长的硬刺，很扎手。栗子在斗里围着长了一圈，一颗一颗紧挨着，很团结。当中有一颗是扁的，叫脐栗。脐栗的味道和其他栗子没什么两样。坚果的外面大都有保护层，松子有鳞瓣，核桃、白果都有苦涩的外皮，这大概都是为了对付松鼠而长出来的。"

汪曾祺，江苏高邮人，先后做过教员、编辑等工作，被誉为"中国最后一个纯粹的文人，中国最后一个士大夫"。他的散文写风俗、谈文化、忆旧闻，花鸟鱼虫、瓜果食物，无所不涉，深受读者的喜爱。近年来，在国内掀起一阵汪曾祺"文学热"，诸多文学界的大家这样评论他的散文："没有结构的苦心经营，也不追求题旨的玄奥深奇，平淡质朴，娓娓道来，如话家常。"用时髦的话来说，便是文风非常"接地气儿"。

为了缅怀他为中国文学作出的贡献，2017年10月，汪曾祺纪念馆在高邮正式建成并对外开放。

除糖炒栗子外，栗子还有诸多用处，如板栗酥、板栗烧鸡、板栗炖肉、板栗粥，那一股温暖、香甜、踏实的满足感总能适时呼唤起你沉睡的味蕾。不过栗子虽有益气补脾、强筋健骨之功效，但其生性热量较高，即使在贴秋膘的时节，也要食用有度，切勿贪吃。

如汪曾祺笔下的美食一样，2012年5月中旬，一部由央视制作的美食纪录片《舌尖上的中国》横空出世，该片围绕中国人对美食和生活的美好追求，用具体人物故事串联起来讲述了中国各地的美食生态，一经播出，立即引发

了社会各界的广泛赞誉和热烈反响，不仅收视率屡创新高，还引发了社会对美食、民俗、文化认同等话题的热烈探讨，更带来了无限商机。地方特产、锅碗瓢盆热卖，"美食之旅"成为出行热门，一部纪录片带火了媒体、商家和

产业。

迄今为止，该片已播出第三季，每一季的播出都受到追捧。诚然，《舌尖上的中国》的成功多少有一些天时地利人和的机遇，未必能够完全复制，但其在规律上却并非无迹可寻。当今社会，如果文化产品能够立足生活，深度开掘，提升专业含量，尊重艺术创作规律，与观众的体验和情感自觉沟通，那么电视文化不仅可以创造收视率，而且可以成为文化传承最有效的载体。

秋冬之际，寒露来临，来一些糖炒栗子解解馋，应了这时节，也应了脾胃对那香甜、软糯的思念。

红香芋：明朝贡品，建昌特色

在江南小城金坛有这样一道地方特产：红香芋。

《本草纲目》记载，芋"宽肠胃，消痡疾，补脾胃"，红香芋对高血压、高血脂、糖尿病有一定功效，是现代人们理想的保健食品和长寿食品。

寒露，九月节，露气寒冷，将凝结也。寒露时节天渐寒，农夫天天不停闲。这会儿，金坛建昌集镇的农户们正忙着收红香芋。

"今年，咱家的红香芋收入有3万元。"笑得乐开花的杨大妈正在和远方的女儿分享秋收的喜悦。

近几年，在政府推动、合作社的带动下，建昌红香芋在种植面积不断扩大的同时，产业化开发、标准化生产、品牌化营销水平不断提升。"现在我们村有红香芋高产高效生产基地上万亩，每年农历八月底上市到十二月前，便销售一空。前两年，建昌红香芋已入选全国名特优新农产品，也是常州著名的地理标志。它是我们村里真正的香饽饽啦！"面对外省市来参观学习的工作人员，村支书骄傲地介绍着。

关于建昌红香芋的历史要追溯到四百年前。建昌红香芋是香芋中的一种，以皮红、肉白、有特定香味、口感软糯而闻名。

相传清朝时期，乾隆下江南，听闻扬州有个美女叫红香玉，肤白貌美，所以乾隆一直想要一睹为快。可是等乾隆到了扬州，寻了许久也没有找到这位民间佳人，甚是扫兴。随从侍卫为了安慰乾隆，便说在离扬州不远的金坛也有一个"红香玉"，可以与扬州的媲美。听闻后，乾隆立即带着侍从来到金坛，只是看到的不是佳人，而是建昌红香芋。乾隆看着这个芋头，发现这个芋头的芽嘴是红的，剖开后有一种纤维，闻之还有一种香味，品尝后，他啧啧称赞说："上有仙桃，人间有红香芋。"

到了明朝，红香芋更是一度成为朝廷贡品。

《金坛县志》中这样记载建昌红香芋："金坛传统品种有红香芋，外形椭圆，头大尾小，子芋均匀，头微红显芽，食时香而细腻，除食用外，亦可药用。县内栽培历史悠久，建昌圩区所产品质更佳，闻名苏、锡、常一带。"

建昌集镇曾经是金坛大镇，这里四面环河，地势低洼，土质是冲积沙壤土，同时处于亚热带气候区，光照充足，具备了适宜的光、水、温度以及独特的土壤质地，这才长成了建昌红香芋。

红香芋曾经陪伴老一辈人度过了最艰难的岁月。据老人们回忆，过去因自然灾害，粮食短缺，每家分到的粮食十分有限，孩子们一个个都饿得面黄肌瘦。为了填饱肚子，家家户户在家门前、弄堂里、水沟边……只要是空地，就都种满了红香芋。也正因如此，建昌当地人没有挨饿，周边的人也因收到红香芋的接济而得以过活。

不过，虽然周边的人都知道建昌红香芋，却一直很少有人关注它，过去的四百年，一直停留在农户自给自足的阶段，即使售卖，也只局限在建昌集镇或者是金坛地区。

直到2008年，在当地工商部门的引导和帮助下，当地人开始申请注册商标，并成立了金坛建昌红香芋协会，发展订单农业。现在，不仅老百姓的口袋鼓起来了，红香芋也成了金坛的招牌之一。

"只有从我们建昌集镇地里长出来的红香芋，才叫建昌红香芋。"杨大妈自豪地说。

小小红香芋饱含着几代建昌人的心血。在其产业发展过程中，当地政府正确处理好了保护与开发、传统与现代、区域内与区域外的关系，闯出了更大的市场，把"小产品"做成了"大产业"。

"今年年底，我想把我女儿从外地喊回来，让她学着在网上销售。你们年轻人对网络精通，现在流行网络购物，我们农民要顺应时代发展，不断拓宽市场。"望着大堆大堆的红香芋，杨大妈开心地畅想着。

而另一边的会议室，红香芋种植经验交流推广会正在火热进行中。

"针对红香芋种植劳动强度大的现状，今后我们建昌将继续加大种植的机械化和规模化水平，进一步推广优质种苗，开发早熟和晚熟新品种，延长红香芋的市场供应期，巧打时间差，从而提高农户的综合种植效益，为农业增效，为农民增收。"村支书的精彩介绍赢得了外来参观人员的阵阵掌声。

第六节 霜 降

白果：千年银杏显风情

"千林扫作一番黄，只有芙蓉独自芳。唤作拒霜知未称，细思却是最宜霜。"秋霜起，天渐凉，这个节气里，木芙蓉与菊花还盛开着。

霜降时节，秋夜天上若无云彩，地面散热很快，温度骤降至0℃以下，此时早起登山者便可在山道两旁的树上、泥土上看到细微的冰针，有的是六角形的霜花。

每每秋冬，我便常去芳茂山，此山位于江苏常州东部，山上一佛寺、一道观、一庵堂。我最喜爱那千年古观，古观名曰白龙观，已有一千多年的历史。观内龙井旁有两株八百多年的银杏树，高30余米，三人合抱有余，枝叶茂盛，果实累累，果仁甘甜，一株枝干分叉还长有多枚"树参"，长约60厘米，相传是南侠展昭种下的。两株银杏树一雌一雄，就像一对情侣，他们青梅竹马、白头偕老，一牵手就是八百多年，他们站立在这山间古观里，与青灯古殿、暮鼓晨钟相伴。

白龙观是个文气非凡之地，原横山桥中学旧址就在白龙观内，直到1996

年易地兴建中学后，才让出白龙观。在此期间，横山桥中学出了一批杰出人才，有联合国驻外大使、中科院博导、旅美学者、社会各界名流等，他们对此地都有着深厚的感情，而心中最为思念的便是这两株家乡的银杏树。世间所有美好的记忆都被落叶繁华所覆盖，成为秋风里的过客。

学校的教导处就设立在银杏树后，学子们相伴树下，两株银杏仿若两位严肃而老态龙钟的老师，看护、教导着那些风华正茂的孩子们。他们与银杏之间的感情并非三言两语可以说清。夏日，投下一片阴凉；深秋，又铺满一地金黄。下课了去银杏树下捡宝贝，小心翼翼地剥开八百多年的白果，躺在手心里就是宝贝，不舍得下口。

千年银杏并非独有，然而千年还能结果的确实少见，芳茂山气韵灵奇，白龙观乃修身养性之地，所以银杏树也修得一身好性子。每年结果时，附近居民和香客们都会来此求白果，讨一个吉利，而此时的老街也会出现一道特色美食——炒白果，这是季节性的，唯有此时节才会有。走入老街，便可听到喊声："炒白果，香又糯，吃了一个想两个。"都说美食与美景最易在人心留下深刻的记忆，对他们来说，那一段看破尘世的匆匆年华与古色古香的教学楼相映衬，仿佛回到了民国时期的校园。青葱岁月难再回，莫怪乎游子们走遍千山万水，仍独爱家中这"二老"。

白龙潭影日悠悠，物换星移几度秋。板桥先生说过："删繁就简三秋树。"这删繁就简之手自是指霜降。银杏叶落，飘满山观，扇叶飞舞，像青春的翅膀落了一地，无关忧与悲，是遍地沧桑。大自然自是懂得删繁就简的，也启示人们要做减法，注意休养生息。作家耿立回忆自己父亲的言语："泥土也该躺倒睡会儿，谁不累呢？泥土也要歇息一下筋骨。与泥土厮守的人要讲良心，让泥土安静地睡一觉，不要打搅。"两株银杏树在此地当是得了天地灵气，休养生息了的。生于道，长于道，如是我们才能尝到千年的美味。斗转星移，养树人换了无数，后来者依然按照前人留下的规矩兢兢业业照顾两株古树。

徜徉于观中，坐于树下，蓦然间回想起：《红楼梦》中贾宝玉从毗陵驿上船一路向东30里，就是在横山桥芳茂山的大林寺出家的，据说他来了大林寺就不肯走了，非要和白龙观的白龙娘娘做邻居。此处离尘世一步之遥，却远离了红尘喧嚣。

若我是宝玉，在此灵气之地，有娘娘护佑，又有两株银杏相伴，听经论道也未尝不可。

苹果：好日子，就要红红火火

霜降是秋季的最后一个节气。天一天天地变冷，衣服一件件地增多。当树叶落尽，田野空旷时，寒冷的冬天已经离我们不远。

没了"霜降"，日子也能照常过下去，但是总觉得失去了原来的滋味，而正是这点滋味，让漂泊的游子不能忘怀。

生我的那个村子叫西双，或许是沾了西双版纳的光，那里的水土养育了一批又一批人才，从那里走出去的人也对它怀有一份特殊情感，名声显赫却终是布衣百姓。人在他乡，意识却在一点点靠近故乡，也许漂泊的思绪需要固定和回归。

霜降节气过后，要开始下苹果了。"下苹果"是晋中榆次一带农人的方言，顾名思义，即把苹果从树上摘下来。每年这个时候，也是农人最忙碌的，早起上树下苹果，晌午胡乱扒口饭，下午则忙着把散在外面的苹果装箱，晚上再用四轮车载回家。一天下来，有十四五个小时在忙碌。虽然累，但农人们却很开心，因为一年就靠卖苹果赚的钱来供子女读书、娶媳妇儿。

西双村以及临近的东双、兴隆庄、修文、东长寿等村的支柱产业均是种植苹果树。

关于苹果，除了营养丰富外，于我还有深深的情愫。

我家果园共有大小 320 株苹果树，二叔算是地道的果农了。

果园里有很多缠人的活，一年当中除了刮风下雨，二叔都在那里干活。此刻，我仿佛又看到他放下手中的锄头，一步一步走到苹果树荫下，拧开水杯喝水的样子；喝完水稍坐一会儿，他又拿起锄头，弓着腰，一上一下、一深一浅，使坚硬、干裂的黄土变得疏松。300 多株果树要全部刨完，需要十几天时间，一年中这样的活要做四五次。

"多锄有益于咱家果树吸收水分，这样果子才会香甜。"二叔解释道。

长期的辛苦劳作让他看起来略显老气。岁月的锋刃早已在二叔额头刻下了沟沟壑壑，浩渺的时空也像一张无形的巨网，将二叔的满头青丝罩上了层层霜雪，北方人的勤苦、粗犷、豁达在他身上表达得淋漓尽致。

每年霜降过后的太阳含蓄却并不温柔，到了中午还会锋芒毕露，有种说不出来的热。时间长了，皮肤会晒得通红，人看了都觉得生疼，二叔却从不叫疼，也不喊累，来回穿梭在树丛中。猛地一回头，你会看到瘦高个儿、脸色黑黝黝的二叔双目望着面前丰硕的果实，笑容慢慢显现，整个人在树影的映衬下熠熠发光。也会听到他的笑，那是一种沙哑厚重的声音，当中满含艰辛和沧桑，让人听起来畅快却沉重。

母亲说我离不开苹果，小时候自己挑食，唯独爱吃水果。那时家里穷，加上孩子又多，买不起别的，于是二叔便将果园里的苹果拿过来让母亲给我当菜吃，烤苹果、苹果粥、苹果酱还有果脯，只要是能用苹果做的，我都吃过，而我对苹果也情有独钟，百吃不腻。

为了逗我和妹妹开心，二叔常常拖着疲惫的身子把我们轮流架在脖子上，在院子里转了一圈又一圈。

到了初中，二叔常将散发着香味的红星苹果拿给我，让我带到学校分给同学吃。工作后，我每次回家，二叔则会搬来一个大纸箱，里面放满了喷有"平安""福""吉祥"等字样的红富士苹果。

"你给我的这些苹果要带几千里，路费都比买苹果的费用高很多了。"我常常这样调侃二叔。

"那你在家的时候把它们全部吃完，自家果树长的苹果，营养丰富，吃起来甜，你从小就爱吃，工作劳累更要多吃点。"嘴里叼着烟的二叔笑嘻嘻地对我说道。

到了他乡，我很少吃苹果，总觉得那些货架上的精品苹果没有自家携带泥土味的香甜，索性就买得少了，久而久之，用思念把内心的那份记忆包裹了起来。

再后来，二叔的身躯被岁月压弯了，双手粗糙且长满了老茧，走路也开始摇晃，直到突然患病离开我们。

"你们姐弟几个要好好地活着，要争气，要团结……"如今，我们堂兄妹七人谨记二叔的遗言，日子过得越来越红火，而二叔将出现在我们的回忆里。但那香甜的苹果，无论走到哪里，我都不会舍弃，是它给了我人世当中最美的一份情。

柿子：一树柿子，一生怀念

一叶知霜降，一雨感深秋。关于霜降，食俗有谚："一年补透透，不如补霜降。"甘涩润肺涩肠的柿子是霜降的四大名补之一。在民间，柿子更是霜降节气的代言水果。

有诗云："秋去冬来万物休，唯有柿树挂灯笼。欲问谁家怎不摘，等到风霜甜不溜。"这会儿的柿子带点弹性的软，掰开来，嫩嫩的果肉上泛着饱满的甜汁，咬下去，好像会爆浆，满口都是清甜。

柿子是父亲的最爱。

父亲喜欢站在高处看柿子，干枯的枝条上似挂着一只只小红灯笼，照出万家灯火。

而这一抹红，在萧瑟的深秋就像暗夜深处的明灯，点燃了生活的希望，仿佛在"祝大家柿柿（事事）如意"。

父亲生前是名砖瓦匠，由于技术过硬，所以曾带领村里的闲散劳动力去周边修砖窑。修砖窑就是将窑炉内部的问题全部找出来，再用泥土、瓦刀、架板等工具修补完善。每年冬季是修窑的旺季，这个时候，窑厂里的烧窑工回去探亲了，因此，父亲他们会趁这个空当去修补窑炉。

北方的农村秋季气候干燥，风沙大，轻轻飘一阵风，便是尘土飞扬。二三十米长的窑洞空气不流通，大瓦数的灯光照着，除了热，还有乱飞的尘土充斥着鼻喉。

为了节省时间，父亲和工友会在工地解决午饭，白菜里加几片猪肉或者土豆炖粉条，一份菜、一大碗面，这就是一顿饭。饭后，累了在工地席地而坐，与硬实的砖块、水泥为伴，打个盹儿、吹吹牛，或趁机抽支烟。一天下来，用"灰头土脸""狼狈不堪"来形容再恰当不过。

劳作了一天回到家，父亲坐在凳子上，手拿几个新鲜甜软的珍珠小柿子，摘去果蒂，用嘴轻轻吮吸，一口一个，那种吮吸的香甜惹人羡慕。有时父亲的嘴角会留有红色的柿子汁，看到这一幕，母亲一边嗔怪父亲："怎么和孩子一样，一大把年纪了，还要在嘴边儿留点残渣。"一边拿毛巾帮他轻轻擦掉。父亲则浅笑不语，似乎已经习惯了这样的照顾，继续低头摘果蒂、吸吮柿子。

每次吃柿子，父亲都会表现出一种开心、满足的神态，那份甜蜜的笑容让我相信生活定会是幸福的。

柿子做成柿饼时，表面会结一层霜，如秋霜降于柿上，而染了柿霜的柿饼则是民间药食同源的治愈系美食，这也是霜降吃柿子的另一层意思。

柿饼不仅是父亲的最爱，而且每年过年家里都会买很多用来招待客人。

"癌症"，一个可怕的字眼发生在父亲的身上，父亲病情的猛烈让人猝不及防。

父亲生病后，还有部分工友的工资未结清，于是他便将自己省吃俭用存下来的3万多元钱拿出来垫发给大家。

那段时间，他整天盯着手机，生怕错过来家里拿钱的工友电话。与此同时，他还特地拜托已经拿到钱的工友，再通知一下其他工友，这样一来，有个双保险，确保每个人的钱都能拿到手。

最难的一次，一个孙姓工友3300多元的费用一直没有领取，不仅电话打不通，而且家里人也联系不上。为这事，父亲不厌其烦地打电话给人家，终于在他临终前让对方拿到了钱。据我所知，最后一次结账，父亲特地依据工时多给了每个工友一些工钱，少的300~500元，多的1000元。在他看来，庄稼人挣钱不容易，大伙儿跟着他整天出入窑厂是在拿命赚钱，这点钱算是他给大家的最后补偿。

"这3万多元钱是我们一辈子从嘴里抠出来的。你现在看病还需要花很多钱，留下来可以给你买药。"对于垫付这笔钱，母亲曾强烈反对过。

"咱家生的是闺女，现在也都成家了，压力没有其他人家大；再者，这钱是别人辛苦所得，咱们自己再苦再难，也得付给人家。这个事儿你不用管，我的眼光不能像你一样短浅。"病重期间，已经不能自理的父亲第一次对关心他的母亲说了重话。

泪水早已布满了我的眼眶。

从当初如玻璃弹珠一样青绿到霜降时的变黄、变红，柿子好像把积蓄了一年的力量都凝结在这小果子里，使劲地耀眼、香甜。父亲劳作了一辈子，经历了世事变迁，临终却依旧纯粹、真实。

柿子的甜像蜂蜜，张扬得要挤满口腔；柿饼的甜像葡萄酒，经历了岁月，将甜蜜收成醇厚的底色。父亲，他是我一生的怀念。

第四章

冬

　　冬，植物落叶，动物休眠，沉寂，冷清。江南唯美雪景，北方白菜地窖，令人心驰神往。少壮如夏，老大如冬。一碗热汤，一顿火锅，暮年与爱人徜徉在小城，有山有水，胸襟豁然开阔。苍茫大地，花鸟鱼虫，瓜果时蔬，全在天底下晒着阳光，暖和安适地睡着，只等春风吹来，把一切唤醒，傲视苍茫……

第一节 立 冬

无花果：爱的延续

冬天是寒冷且荒芜的，但也是秋忙过后休养生息的季节，一切都在为来年的春天蓄势待发。

立冬是冬季来临的标志。立冬与立春、立夏、立秋合称"四立"，在古代是个重要的节日。农耕社会劳动了一年的人们喜欢在立冬这天修整一下，顺便做顿美食，犒赏一家人一年来的辛苦。

生活在城市，立冬这天休假的习俗已淡出人们的视线。闲暇之余，窝在沙发上吃点零食，譬如无花果干、杏干等，却是再好不过的享受。

无花果注定是我和丈夫生命中最重要的一个名称。很简单，因为它是儿子的名字。丈夫姓吴，我姓花，在小家伙还没出生的时候，我们就商定，我们的爱情结晶叫吴（无）花果。

随着我十月怀胎，瓜熟蒂落，小家伙风风火火来到了我们家。从此，我和丈夫的生命得到了拓展，爱情得到了延续……

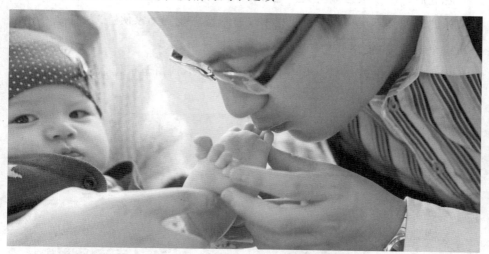

时光飞逝，小家伙一天天地长大，从只会简单地哼哼唧唧到现在的能说会道，从婴儿时的蹒跚学步到现在的连走带跑，一切都在显示着一条生命的绽放。

李时珍的《本草纲目》记载："无花果出扬州及云南，今吴、楚、闽、越人家，枝柯如枇杷树，三月发叶如花构叶。五月内不花而实，实出枝间，状如木馒头，其内虚软。采以盐渍，压实令扁，晒干充果食。熟则紫色，软烂甘味如柿而无核也。"

我是山西人，丈夫是江苏人，现定居于江苏常州。小家伙在吴越之地出生，取这个名字倒也实至名归。

每天下班到家，小家伙便会兴奋地跑到他爸爸的怀里，抱着他的胳膊或者脖子不停地晃动、撒娇，听着小家伙一声声甜柔的"爸爸"，他心里顿觉像吃了蜜一样。我丈夫常常陶醉于此，也会努力地配合他，除了抱紧他狠狠亲几下、转几圈外，偶尔也会拿胡子去扎他柔嫩的小脸蛋。

每晚，他们还有父子游戏环节，有的时候玩躲猫猫，有的时候玩"熊出没"。

"熊大，我肚子好饿呀，快找点吃的来吧！"儿子趴在丈夫肚子上说。

"真好吃！真好吃，我要多吃几口。"丈夫做出拿东西的样子，然后再放到儿子的嘴上，儿子一边吧唧着小嘴，一边说道。

吃完后，小家伙会喊丈夫一起去阻止光头强砍树，每天，小家伙对这个游戏乐此不疲，不玩一两个小时根本没有睡意。我问小家伙："为什么不和妈妈玩这个游戏？"他来一句："妈妈没有爸爸玩得好。"

雪是江南人的奢侈品，常常口袋有钱也见不到，至于什么时候下，下多大，全看老天爷的心情。

只要天上飘雪，江南人的心情便会立马变得兴奋，脸上洋溢出幸福的笑容。许是老天爷心情靓，立冬节气一过，天空便飘起了雪。此刻，窗外的鹅毛大雪仍在飞舞，考虑到孩子们的安全，幼儿园决定放假四天，听到这个消息后，小家伙兴奋地活蹦乱跳、手舞足蹈。

"爸爸，明天你能不去上班吗？我想你和我一起堆雪人。"

"爸爸明天要上班，让妈妈陪你好吗？"

"为什么下雪天我不用去幼儿园，但是你却要去上班啊？"儿子一脸疑惑，我知道他是在为他们的亲子游戏不能如期进行而遗憾。

午饭过后，我给小家伙裹好羽绒服，穿上雨鞋，戴上帽子和手套，父子俩一起奔向外面堆雪人。看着小家伙被冻得通红的小手，我心疼地让他歇一会儿再玩。但是他不，依然兴高采烈地在雪地里来回跑动，一会儿用小铲子盖个小城堡，一会儿给小雪人装个小眼睛，忙得不亦乐乎。此刻，任何风雨都不能阻止他的热情。

在北方，立冬有吃饺子的习俗。秋收冬藏，这一天，忙碌了一年的农人喜欢改善一下生活，于是便有了"好吃不过饺子"的说法。虽在江南，但母亲仍延续了北方人的饮食习惯，回到家，总是会吃到她给我们准备的热腾腾的饺子。当然，在物质文明发达的今天，除了饺子，饭桌上还增加了各种各样色香味俱全的食材，但有一样一直没有改变，那就是这份对家人的爱。

立冬是家庭团聚的时刻，一家人围坐在桌旁谈笑风生，孩子的嬉闹、老人的絮语，这些才是生命中最珍贵的。

这个冬季，有吴花果，有你有我，真好！

南瓜：一次井冈行 一生井冈情

立冬，冬季初寒。

虽已是立冬，但江南的天气依旧晴朗，天空淡蓝，阳光和煦，迎面吹来的风虽有微微的凉意，不过并不寒冷。就在深秋展现出它最美好的一面时，有关冬的消息也早已陆续出现。

按照现代气象标准的算法，以连续 5 天的日平均气温小于 10℃作为进入冬季的标准。"立冬为冬季开始"的说法主要适合黄淮、江淮等地区。黑龙江大兴安岭北部的冬天来得比立冬要早一些，一般 9 月上旬入冬。江南真正的冬季则在立冬之后半个月左右。具体到江苏、浙江一带，现在冬季还处在"远眺"阶段，真正入冬，一般要到11月28日前后。

立冬腌咸菜、立冬进补……关于立冬的习俗，全国各地各有不同，有的地方还独具特色。如在老天津人的概念里，立冬一定要吃倭瓜馅饺子。倭瓜即南瓜，黄黄的南瓜被包裹在热腾腾的饺子皮里，总是让人口水直流。

"绿叶下面趴一趴，趴着一个大南瓜。南瓜甜，南瓜大，南瓜像个胖娃娃。胖娃娃，过家家，叫来冬瓜和西瓜。"脑海里忽然响起儿时整日唱的南瓜谣，歌声随着回忆缓缓而来，温暖且安逸。

在农村，南瓜是很随性的一种植物，几乎家家户户都会在地头坡边、房前屋后种上几株。松了土，埋下去年留的瓜种，施点肥，浇些水，就不用费心去打理它了，顶多在连日骄阳后，得闲给它两瓢清水。

不经意的时光里，那瓜秧就扯了藤，一路攀爬着开了花、结了瓜。20世纪80年代，南瓜粥是农家人碗中常见的主食，蒸南瓜是当时孩子们的美食，南瓜藤、南瓜瓤则是家猪最好的吃食。至于南瓜子，母亲会将其洗净、晒干、炒熟，等到初冬时，成为大人小孩口中嗑着的香喷喷的零食。

近年来，随着南瓜藤的营养被熟知，清炒南瓜藤被端上了饭桌。青青的南瓜藤，一条条撕去藤外面的皮，留下里面青嫩的芯儿，剪成段，配上红辣椒丝儿在锅中一炒，即是一盘清爽可口的下饭菜。

现今看来，南瓜可谓浑身是宝，如此一来，"热天半块瓜，中药不用抓"

这句民间形容南瓜功效的谚语也就不难理解了。

　　南瓜在井冈山则有着特殊的意义。

　　"井冈山盛产红米。过去，由于山区的稻谷加工条件差，基本上靠杵舂米，加上红米稻的稻皮坚韧，加工出来的大米都较粗糙，食用时很难吞咽，因此被富人视为次等粮，只有贫苦农民食用。井冈山斗争时期，红军吃的就是这种米。后来，红米吃光了，红军战士就煮南瓜吃。井冈山上的南瓜又大又多又便宜，稍放点盐，放在清水里煮，顿时香喷喷的。正是凭借这种由'红米饭、南瓜汤'酿造的井冈山精神，中国革命才以星星之火可以燎原的气势走向胜利。"大巴车上，李老师向前来接受红色教育的学员们介绍道。

　　"一会儿，大家回到寝室，将配发的红军服、红军帽、腰带等都穿戴好，吃过午饭，我们就要开始此次行程的第一堂课了。接下来的七天时间，我们既有井冈山精神的深度讲解，还会带大家在井冈山革命烈士陵园、茨坪革命旧址群、黄洋界哨口、井冈山会师纪念馆等地进行现场教学，更有'重走朱毛红军挑粮小道'挥汗如雨的真切体验。再来重复一下，我们的作息时间是早上6：30起床，晚上9点下课。希望大家能够认真对待，发扬吃苦耐劳的精神，不抱怨，不放弃。"李老师的这番话让原本想着出来放松的学员开始叫苦不迭。

　　"既来之则安之"，立冬刚过，能接受这样一次心灵的洗涤，对于久居城市、过着安逸生活的上班族来说确实是一次很好的教育。

"一个个鲜活的生命，一件件感人的事迹，不仅让大家感受到了当年的革命传统，以及中华民族不屈不挠的民族精神，更深刻地感受到了那一段红色的历史。"回到单位后，围绕《井冈山精神照亮我的心》主题演讲活动，职工甲这样说道。

"星星之火可以燎原。沐浴井冈山精神的时代光芒，今后，我将砥砺传承红色基因，满怀'初心'再出发，以不愧于新时代的新作为，告慰先烈，开创未来，为火红的党旗增光添色。"职工乙则这样表态。

"红米饭那个南瓜汤哟咳罗咳，挖野菜那个也当粮罗咳罗咳，毛委员和我们在一起罗咳罗咳，咳！餐餐味道香，味道香咳罗咳……"红米饭南瓜汤与红军的成长壮大密切相连，息息相关，井冈山精神则是当代中国人不断进取、不断前行的动力。

胡萝卜：胡萝卜的喜与忧

"来，宝贝乖，再吃一点，吃了你就会长高高哦！"为了让孩子营养均衡，多数父母会在孩子6个月左右时开始添加各种辅食。富含多种维生素、钙、磷、铁等矿物质，可以保护呼吸道和促进儿童生长的胡萝卜泥是首选。

但事实上，这只是家长的一厢情愿，无论怎么哄，很多婴儿并不愿意吃胡萝卜泥，原因是它有一股怪味。于是，对于胡萝卜，食客形成了两个极端：爱的人爱之入骨，恨的人避之不及。

胡萝卜有着橙黄色的外形，长约 20 厘米，宽 3 ~ 4 厘米，脸上深深刻着几条皱纹，头上顶着几对墨绿色锯齿状的缨子，底部常缀着一两根白花花的胡子，像极了邻家的白胡子老爷爷。不过，它的祖先却是生活在西亚的伊朗，13 世纪时，胡萝卜才来到中国，随后落地生根，其足迹遍布祖国大江南北。

立冬，新鲜的胡萝卜成熟上市，常被菜贩摆在不起眼的角落里，正如它的一生一样，埋在田间地头，默默生长。它虽不起眼，但因脆嫩多汁、芳香甘甜的口感而被人们誉为"东方小人参"。

江苏东台有座庙宇，名字叫"人参堂"，名称来历便与胡萝卜有关。传说过去有位乡间医生王老先生，在为农民看病时，常用胡萝卜代替参类治病。旧时，乡间穷苦人家没钱服用补药，这位医生便用胡萝卜当作滋补品用于穷苦病人的施治，使许多人恢复了健康。后人为纪念他的功绩，为他修了庙宇、挂了匾额，大书"人参堂"三字，以示崇敬。

关于胡萝卜的功效，早在六百多年前，《本草纲目》就记载：胡萝卜"下气补中，利胸膈肠胃，安五脏，令人健食"。清代岭南医学名家刘渊在《医学纂要》中记载：胡萝卜能"润肾命，壮元阳，暖下部，除寒湿"，可治疗久痢、咳嗽和消化不良。近年来，国内科学家们还证实，胡萝卜有抗击肺癌的作用。

"冬吃萝卜夏吃姜，不劳医生开药方。"这里所说的萝卜大多是白萝卜。如果你将白萝卜和胡萝卜认为同属一类的话，那你就大错特错了。

众所皆知，胡萝卜的口感跟白萝卜、青萝卜有很大不同，并没有辣的感觉。其实，胡萝卜跟它们完全不是一类，白萝卜为十字花科萝卜属植物，而和胡萝卜一样浑身携带怪味，也就是胡萝卜的亲戚，如香菜、茴香、芹菜等，均属伞形科植物。既然连科都不同，那么口感上自然也就不会相同。除此之外，两者长在地里的植株也有很大差异。

为了减少怪味，食客常将胡萝卜与肉同炖、与菜同炒，它是多种菜肴常见的配角。

立冬过后，肉烂软香、汤鲜味醇的红烧羊肉成了食客进补的首选。胡萝卜恰如其分地出现在这道菜里，只是人们在大快朵颐品尝新鲜温润的羊肉时，无论如何也不会注意到那不起眼的胡萝卜，更不会体会它被辛苦烹制半天，最终只落得随汤汁一起倒入泔水桶的感受。

对于胡萝卜如此强大的功效，却只能屈居配角的境遇，不少人曾为之鸣不平。不过胡萝卜却并不在意，即使有一天全世界都嫌弃它，它还有兔子，它永远是兔子的最爱！"愿得一人心，白首不分离。"纷繁复杂中，只需要一个懂你的人就够了。

回到生活中，类似胡萝卜一样默默付出的无名英雄比比皆是，他们不图名、不图利，只用心做好自己的本职工作。事实上，在平凡中找到自我本身就是他们生活的动力与支撑，健康、开心地过好每一天才是王道。这种应对生活的态度正如胡萝卜的那句自白："假如有一天，你的日子中没有了我，请记住我对你的好；假如有一天，你的回忆中没有了我，不要忘掉你我在餐桌上相遇的每分每秒。"

第二节 小 雪

核桃：从干果之首到文玩珍品

进入小雪节气，天气越来越冷，雪也将至。老天时常板着一张脸，阴冷晦暗，人们的心情也因此受到影响，容易感到压抑、郁闷。此时，除自我调整心态外，解忧的美食——红枣夹核桃——也是不错的选择。

红枣夹核桃，即在去核红枣中夹上酥脆的核桃仁。

红枣补血，核桃补脑。核桃先生和红枣女士在无数次擦肩后，终于迎来了世纪相会，他们的爱感天动地，他为她褪去了坚硬外壳，她为他敞开了柔软心田。她的香甜，他的酥脆，让他们的结合震撼了食品界，成了营养丰富的时尚小吃。

提起核桃，不少人总能回忆起小时候考试前吃核桃"补脑"的情景。核

桃，又称胡桃，为张骞出使西域由伊朗带回，在秦岭南北广为种植，与扁桃、腰果、榛子并称为四大干果。核桃仁性温、味甘，含有丰富的蛋白质、不饱和脂肪、胡萝卜素、核黄素等多种维生素，可健脑、润肤、补肾、平喘，具有极高的营养和药用价值，被称为"干果之首"。

幼时，村东头有几棵高大的核桃树，每年处暑一过，满树青核桃似在向人们招手。

虽说是女子，但是我和妹妹却有男儿的玩性。摔沙包、拍洋片、跳皮筋玩腻了，我们便琢磨着上树打核桃。我先将她托到树干半腰，等她骑在树杈后，再递给她竹竿，打核桃便开始了。她在上面打，我在地上捡，眼睛还时不时地往远处瞅瞅，心想一定不能被主人发现，在当时，此行为虽像极了做贼，但内心却满是窃喜。

打下来的核桃还没长熟，裹着厚厚的绿皮，没有工具是很难剥开的，要等晒干变黑变皱才好剥。我们这帮馋猫怎能等得及，于是找来斧头、砖块，将青皮一点点捣烂，再将坚硬的核桃皮砸开，小心翼翼地剥去核桃仁上那层薄皮，便可吃到甜滋滋、脆生生的嫩核桃仁了。

核桃外面裹的青皮多汁，染在手上变黑难以洗掉。没多久，我们的两只手就乌黑发亮，手指头黑得像炭条，走到人前忐忑不安，赶紧藏到背后，心想回到家怎么和父母说。后来才知这青皮还有利尿、抗癌的作用。

时光荏苒，岁月流逝。近年来，青皮核桃在中国人手中还发展了一种特殊的用途——文玩。

在市场赌对儿，就是将两个青皮核桃放在一起比拼，除了看核桃的直径外，果实的均匀程度、高矮、皮薄厚都是比拼的内容。等到剥开之后，两个核桃的形状、大小、纹路越接近，它的价值就越高。

52岁的蒋师傅负责保管单位摄像机仓库，日常工作较为清闲。彼此熟悉后，他少不了要和我们这些年轻记者聊几句。

"呦，蒋师傅，什么时候手上有新玩具了啊？"看他手上把玩的核桃，摄像大哥调侃道。

"你们来得正好，看看我新购的核桃成色咋样？"

"我们不懂怎么看它的好坏，它有高低档之分吗？"

"当然，一枚普通文玩核桃几十元钱，品种好、个头儿大、配对完美的核桃也只有几百块钱。不过想要凑成一对却要花很长时间，再加上能工巧匠的精心雕琢，以及经过多年把玩形成的老红色，才更显珍贵。"平时闷不吭声的蒋师傅说起文玩核桃来头头是道。

"核桃的颜色揉得越红越好？"

"那当然了。从色泽来说，色越深越是好核桃。越揉，它的手感越好，可以把你手上的气感和血性慢慢地浸润到它的'体内'。揉核桃能让你不急不躁，在把玩中产生乐趣，在不知不觉中改变它的色泽。"

摄像大哥好奇地从他手中接过两个核桃，自顾自地揉了起来。

"揉核桃也有技巧，最好的揉法是让核桃成为玩物，在五指间轻轻地来回揉动，以活动手指的血脉。核桃必须得亲手玩，才能揉出玉质。"

眼下，玩核桃已不再是老年人的专利，许多白领女士也以手揉一对核桃为时尚。从干果之王到文玩珍品，长久以来，不管是什么样的角色，核桃都为人们的味蕾、生活平添了诸多乐趣，让人们生活的色彩越来越绚丽。

土豆：此物滋味最家常

小雪，气温下降，始飘雪花，冬播结束。农谚云："光靠自己莫靠天，修好水利万年甜。"

没错，这几天，忻州静乐的农人正忙着修沟渠，沟渠通畅了，明年就可以有个好收成，土豆的长势也会好很多。

静乐县地处晋西北，东、南、北三面环山，尤以东部山地较高，海拔均在 2000 米以上，昼夜温差大，冬季寒冷，夏季炎热，北方的季风气候特征让耐寒的土豆成了家家户户选种的经济作物。

土豆又名马铃薯，个别地区叫洋芋。在当地人看来，土豆是他们填饱肚子的主要粮食。在青黄不接的岁月里，能有一些土豆存放着，那是全家人的生命线；在丰产的年份里，人们奢侈地把土豆变着花样吃。

仲夏，酷热难耐，满坡的土豆开了花，白的、紫的、淡红的、淡蓝的，随风摇曳，像花海一样错落有致，惹你迷恋。土豆花不大，也不显眼，更谈不上好看，就像它的脾性一样，不张扬，不抱怨，普通却不可或缺。不过在农人看来，土豆开花过多并不好，因为开花会消耗许多养分，如果结果，则消耗的养分会使土豆减产。所以遇到开花多的年份，农人便在田里忙着摘花蕾。

在雨水和日光的滋养下，埋藏在土里的土豆们开始不安分了。它们膨胀的身体挤开一条条裂缝，露出早熟的小脸。调皮的孩童通过大地咧开的嘴巴，把土豆抠出来，兴奋地拿回家炫耀，却被大人责怪半天，称"坏了风俗，没了规矩，扰了它们的生长习性"。

对于农人来说，春夏秋冬哪一个季节都是忙季，都在张罗着地里的事儿。但对起土豆却格外看重。单单一个"起"字，便透露出无限丰收的喜悦。顺着垄台，拿刨子对准土豆秧刨下去，土豆秧就薅了下来，如果实在薅不下来，便扔掉刨子，然后直接上手。甭管是刨子刨，还是上手薅，不一会儿，就可以刨出很多土豆。

大人们刨土豆秧，小孩便在一旁将土豆从秧上摘下来，装袋。脸上黑，手上灰，你看着我笑，我对着你乐。虽累，却乐在心里。

大山深处的静乐婆姨个个都是持家好手。男人在外打拼，照顾孩子、料理家事、农田种植等琐事全都落到了女人身上。她们鲜有抱怨，对土豆有着特殊的情节，就像静乐虽贫瘠，却给了她们生命，哺育她们长大一样，她们深沉地爱着这块土地。

"小雪封地，大雪封河。"一到小雪，农人已无什么田野作业，顶多做一些蔬菜贮藏、副业生产等活动，于是勤劳的静乐婆姨便开始琢磨吃，她们要在交通不便、菜食简单的条件下，让食物变幻出万千花样，让孩子们健康快乐地成长。

将土豆变成口中的美食，最后回归自然，开始下一个轮回，是她们最擅长做的事。选个晴朗的日子，把土豆去皮切条或者切块，放在油锅里干炸，炸好后，放在火锅里，是绝佳的涮品；放在大杂烩里，是舌尖与味蕾的共鸣。

炒不烂子是当地的一道特色面食，将土豆洗净擦成丝，裹上面粉，上笼蒸熟后，再配上蒜苗、青椒丝等一起炒制而成。裹面蒸熟后的土豆又软又筋道，口感极佳。

凉拌、蒸煮、炒炖，土豆的吃法有多种，它就像一件百搭的衣服，吃成什么品相，达到什么气场，全在婆姨们想把它塑造成什么"艺术品相"，取决于她们的心情和手艺。

土豆永远是厨房里必需的储备，是每一天都要相见的宝物，凉拌吃香脆可口，下酒吃回味无穷，百吃不厌，常吃常新。它的存在给静乐人一种踏实感，能够带给静乐人身体和精神上的双重收获。

第三节 大 雪

洋葱：没心没肺之洋葱

"大雪不见雪，只是天已寒。"江南室外的温度虽最低只有零下 5～6℃，但因没有供暖，且潮气大，常让人裹着羽绒服都觉得冷。此时，性温且能够驱散风寒的食物更得人心。洋葱就是其中之一。正所谓"冬天吃洋葱，身上暖烘烘"。貌不惊人的洋葱既可刺激胃、肠及消化腺分泌，还可增进食欲，促进消化。

一位作家曾说："洋葱一旦在厨房里消失，人们的饮食将不再是一种乐趣。"洋葱滋味丰富，能储耐放，食用方法也多样，既能做调味料，又能单独成菜。罗宋汤、洋葱肉丝、洋葱焖鱼、香菇洋葱丝汤、洋葱炒蛋……总有一款适合你的口味。

"回忆如洋葱，层层剥落间泪湿衣襟。"洋葱鳞茎和叶子含有一种被称为硫化丙烯的油脂性挥发物，具有辛辣味。即使将它放在水里一片片地剥开，眼睛还是被辣得直流泪。一盘可口的洋葱炒肉，做的过程却如此艰难苦涩。

"盘底的洋葱像我，永远是调味品，偷偷地看着你，偷偷地隐藏着自己。如果你愿意一层一层一层地剥开我的心，你会发现，你会讶异，你是我最压抑最深处的秘密……"2014年，歌手平安在第一季《中国好声音》上翻唱了经典曲目《洋葱》，之后，平安火了，这首歌也火了。

不知是这首歌唱出了洋葱的本质，还是唱出了饮食男女恋爱的本质，似乎洋葱总是和爱情有着千丝万缕的关系。

生活的苦难一如切洋葱的艰辛，总是十有八九不如意。

有时累了，你会发现，即使出去看风景，都没有心情，连最爱的龙虾吃起来也没有食欲……总觉得，这些不过如此。

有时会觉得出力不讨好，人际关系太过复杂，明明是想修复关系，却没想到因一句话而让对方产生误会，彼此关系更僵，尴尬不已。

女人好比梨，外甜内酸，吃梨的人不知道梨的心是酸的，因为吃到最后就把心扔了，所以男人从来不懂女人的心。

男人就好比洋葱，想看到男人的心，就得一层一层去剥。但在剥的过程中，你会不断流泪，剥到最后，才知洋葱没心。

真正的爱情也像洋葱：一片一片剥下去，总会有一片能让你泪流满面……

　　究竟什么样的婚姻才是最适合自己的？几乎每个已婚族都曾考虑过这个话题。在金钱、地位面前，男女双方内心的剑钝得不堪一击，审美标准被搅得混乱不堪，灵魂被困在一隅之地，择偶观一次次发生着改变。继而用这种心态面对婚姻，一点愤怒就能失去理智，一点伤害就能中箭倒地，一点背叛和欺侮就能一蹶不振……

　　如此，如此，换来的只有一纸离婚证书。

　　不保留的，才叫青春；不解释的，才叫从容；不放手的，才叫真爱；不完美的，才叫人生。

　　不要挑剔对方，不要期望重塑对方。日常生活中发自内心地为对方做些什么，哪怕一个拥抱、一个笑容、一个亲吻，让对方体会到温情。靠创意让七年时间的婚姻生活不那么平淡，顺利通过七年之痒的极限，尽管未来仍有荆棘，但至少你们有信任和包容做基石。

　　冬日暖阳里，窝在沙发上聚精会神地看着书。偶尔看到兴起处，拿起笔，"哗啦哗啦"地抄着书；抄累了，抬头悠然喝口水；再看厨房，男人正系着围裙忙碌着。生动鲜活的文字配上浓浓的烟火气息，外加可口的洋葱炒蛋，这一切似乎更有滋味了。

　　这一瞬间，窗外的阳光足以把好心情洒遍四方，温馨、亮堂。

红枣：那田，那人，那枣

"日颗曝干红玉软"，北宋诗人黄庭坚这样赞誉干红枣。秋日成熟的鲜枣在晾晒之后，色泽红亮，饱满香甜，成为寻常人家爱吃的常备干果。除了当零嘴食用，红枣入馔亦是另有风味。

大寒过后，一年最冷的时节——三九天——即将到访。天寒地冻，是养生最好的时节。对于女性来说，忙碌了一天，静下心来喝一碗红枣银耳羹或红枣阿胶汤再舒服不过了，微甜的味道既可养容美颜，又可舒缓精神。

红枣一直是我记忆里不可或缺的食物。

小时候，家里枣树还未结果时，到了秋天自然吃不到绿里裹着红的脆枣。看我们嘴馋，每年大雪节气前后，母亲就会带着我和妹妹顶着寒风外出捡枣树上残留的风落枣。经过几个月的自然风干，枣的颜色变得黑里透红，且吃起来特别有筋骨，吃过大半天还口有余香。

"你俩这样捡下去，都被你们吃完了。"对于我和妹妹一边捡一边吃的做法，母亲常常充满了责怪，我知道，她是担心我们把枣都吃完，等过年时没枣做油糕，让前来拜年的亲戚朋友知道了笑话。可她却不理解，幼小的我们看到别人吃红枣时的羡慕，躲在角落里，口水流了一次又一次。

到了初中，家里的枣树终于结果了，且一年比一年多，我和妹妹再也不用出去捡风落枣了，却时常想起那种香甜。

　　挂在树上的红枣早晚都会掉下来。即使可以多赖几天，也终究还是会落地。那些枣树杈、枣树枝是要留给下一年的枣叶绿、枣花开。等到明年秋天，照样会有一树的大红枣。

　　人生轮回，或许就和这风落枣一样，潮起潮落，谁主沉浮，没有人可以预测到。

　　"七月十五枣红腚，八月十五打干净"这句流传于民间的俗语简单且直白。每年农历七月十五开始，枣树上的青枣开始上色。随着八月十五的临近，枣的上色速度一日一变，慢慢变得红彤彤，并且圆润饱满，如同小媳妇往腮上抹胭脂一样，瞬间即成。

　　"打枣儿啦！打枣儿啦！"随着母亲的一声声呼喊，大红枣纷纷从树上落下，院里到处是红艳艳的枣串、枣牌、枣囤囤，散发着诱人的醇香味儿。屋顶上，红枣与红辣椒、黄玉米、绿苹果一起组成了独特的农家风味图。

　　母亲可以用红枣做成各种各样的美食，红枣窝窝头、枣糕、枣泥油糕等，其中最撩人的当属酒枣。

　　酒枣，即用酒酿出的枣，是山陕一带的特色零嘴。

　　制作酒枣，重在选枣，枣身不能有丝毫的磕碰、裂痕。枣还不能见水，用干净的布细细擦净后，盛在一个大的笸箩里，将白酒按照3∶1的比例倒入笸箩里，然后不停地翻动，使每一颗红枣表面都均匀地沾上白酒。这些工序完成后，再将红枣装在大的陶罐或玻璃容器中，密封放在阴凉处。

幼时，自酒枣封坛起，不管是每天放学后，还是周末休息在家，我都会跑到存放酒枣的地窖去看一看，偶尔一天没去，仿佛丢了魂一样。

"妈，这个酒枣什么时候能吃？已经等了很长时间了。"我和妹妹常会缠着母亲问这样一句话。

"再等等，等到过年就可以了。"母亲不厌其烦地答道。

终于等到过年，大年初一一早，我们迫不及待地打开陶罐，只见略带酒味的红枣色泽鲜亮，红如玛瑙，呈半透明状，捏一个放在嘴里，入口松软，略带辣味，枣香伴着酒香，滋味醇香浓郁。

山西的十大名枣（吕梁木枣、交城骏枣、北相相枣、太谷壶瓶枣、临猗梨枣、官滩枣、保德油枣、红壶瓶枣、平陆屯屯枣、祁县郎枣）中，长约5厘米的红壶瓶枣是做酒枣最好的品种。

山西红枣为什么又大又红？这与其大陆性气候有关。这里冬季长而寒冷干燥，夏季短而炎热多雨，春季日夜温差大，风沙多，秋季短暂，气候温和，非常适合红枣的种植。

等到我们长大了，有了更广博的知识，吃到了更多的美味，便开始懂得仰慕，知道奋进，也尝试忧伤，学会叛逆……但那段率真的生活以及家乡那一挂挂红枣，即使天再冷，走再远，都是像我这样的游子深深的眷念。

第四节 冬 至

橘子：正是橙黄橘绿时

一日上课间隙，白礁老师拿出几个橙黄的橘子给儿童诗班上的孩子，说道："我们浙江人讲究冬至前后要吃橘子，吃了可以增强身体的免疫力，你们可以多吃点。"

冬至时节，取一个橘子，剥皮后掰一瓣放到嘴里，一股香甜涌至舌尖，上下牙齿轻轻咀嚼，满嘴滑润、满嘴酸甜、满嘴清香，咽下去，汁水浸润着喉咙，整个人顿时神清气爽。

"汁多籽少、表皮光滑、光泽度好、果形圆润是我们黄岩蜜橘的特色，现在大家可以看着这些小橘子的外形以及刚刚品尝的口感，进行简单的诗歌创作。"一旁的学生恍然大悟，原来白礁老师给大家吃橘子是别有用意。

蜜橘，浙江黄岩的天赐"金果"，曾是几代人童年中不可或缺的美好回忆。作为世界柑橘的原产地之一，已有一千七百多年种植历史的黄岩历来是国内外柑橘界专家的"朝圣"之地，也曾有柑橘专家说："不到黄岩便不算到过中国。"

"橘生淮南则为橘，生于淮北则为枳。"

黄土高原干旱少雨，橘子这种水果自然罕见。等火车运过来，新鲜的橘子已变得干裂、少水，早已失去了原有的味道。

于是，黄岩蜜橘罐头成了家家户户看望老人、看望病人、走亲戚的首选。20世纪90年代，全村只有一家卖货的店，叫供销社。这些远道而来的蜜橘、雪梨、菠萝等水果们被封装在一个个玻璃瓶里，等待人们前来购买。然而对于孩子们来说，罐头不仅是奢侈品，更是饕餮美味，轻易吃不到。正如它被售货员高高地摆放在货架上一样，即使冲破层层阻碍、跨过千山万水来到我们身边，我们仍可触不可尝。

不过，凡事皆有转机。

冬至过后，呼啸的西北风一天猛过一天。室内热炕烘着温暖如春，室外却寒风刺骨，一冷一热，孩童难免会头疼脑热。这时母亲便会骑着永久牌二八大杠去供销社买橘子罐头给我们吃。

当装满金黄蜜橘瓣儿的罐头被打开时，一股酸甜的味道冲入鼻孔，每一个橘瓣儿、每一粒果肉仿佛都吸足了糖水，充盈饱满，散发着诱人的香味。我们姐妹几个迫不及待地舀上一勺，放进嘴里，用舌尖轻轻地挤压，酸甜的汁水瞬间充满整个嘴巴，不一会儿，一罐就下肚了，舔完勺子上最后一滴橘汁，嘴巴仍意犹未尽地咂吧一会儿，那种感觉妙不可言。

经过这次甜蜜的洗礼，病情似乎好了很多。

家里罐头多时，母亲会打开一罐，把瓶里的蜜橘连汤带水倒进碗里，与银耳和在一起，做成罐头甜汤。金黄的蜜橘、白胖胖的银耳在清亮的糖水里"游"动着，一顿美餐是如此简单。

岁岁寒冬至，爱心暖人心。

又是一年冬至，却因一位未曾谋面的友人而感到莫名的温暖。她的网名叫木槿花开，似乎是寻着这甜甜的橘香而来。

缘不知所起，一往而深。和木姐虽是初识，却犹如故人，并无陌生之感。我们在论坛上舞文弄墨，一起畅所欲言，一起学习，一起探讨。见我是新人，木姐则宛如家长，督促我进步。

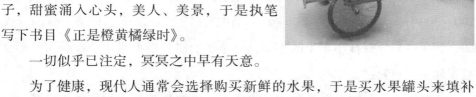

花开花落，云卷云舒；相识相遇，纸短情长。苏轼有诗云："一年好景君须记，最是橙黄橘绿时。"此刻的我最满足，手拿一瓣橘子，甜蜜涌入心头，美人、美景，于是执笔写下书目《正是橙黄橘绿时》。

一切似乎已注定，冥冥之中早有天意。

为了健康，现代人通常会选择购买新鲜的水果，于是买水果罐头来填补口舌之需的记忆就这样成了永恒。

作为一个时代的印记，蜜橘罐头虽是加工食品，却留存着时间的味道，与亲情、爱情、故乡交织在一起，才下舌尖，又上心间。

白菜：菜窖里的年味儿

北方人讲究冬至大如年。即使再忙碌，这一天，农人们也都会包饺子庆祝。

白菜猪肉馅饺子是最常见的餐食。

在古代，白菜叫菘，文雅的名字让清新感扑面而来。《本草纲目》中提道："菘性凌冬晚凋，有松之操，故曰菘，俗谓白菜。"霜降以后，白菜的味道最鲜，故赞美"春初早韭，秋末晚菘"。不过对于寻常人家来说，还是大白菜的叫法接地气儿。一棵棵圆滚滚、肥嘟嘟、整整齐齐地垛在墙角儿，白绿相间，肥嫩可爱。

"卖白菜喽，卖白菜喽，便宜了，便宜了……"每年入冬不久，街口就会出现一车一车的大白菜，有抱头白菜，有圆心白菜，裹着军大衣的老乡点根烟倚在车旁，看着过往的行人，不停地吆喝着。

听到叫卖声后，农人会放下手中的农活，急着跑出大门。他们仔细挑选白菜的成色，有无虫眼，掂掂菜心和菜帮之间的厚实度，再定夺买多少。20 世纪 90 年代，农人们买白菜常以百斤来论，少的百来斤，多的则有200 ~ 300 斤。梁实秋曾在《谈吃》一书中写道："在北平，白菜一年四季无缺，到了冬初便有推小车子的小贩，一车车的白菜沿街叫卖。普通人家都是整车地买，留置过冬。"

这种买法，如按现在的购物模式形容，那就是蔬菜界的优惠大促了，每逢双十一、双十二，谁要不在网上买点儿什么，心里都不踏实。

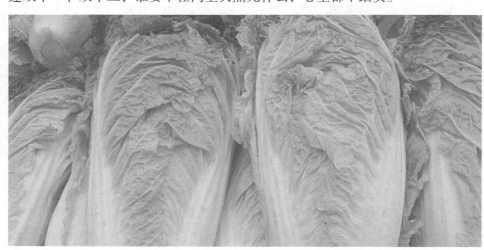

"菜贱伤农"，行情好时，白菜0.5元一斤，遇上年头不好，每斤价格跌落至0.08元。称斤之后去零头，再除去种植时的水费、肥料费等，一年下来，卖家赚不了多少钱。

买这么多白菜，怎么储存？北方冬天供暖，家里温度高，放久了会不会腐烂？为了保持蔬菜的口感，勤劳的农人发明了菜窖。菜窖不深，一般有2米左右，上面封顶，预留一个通风口防止人进入后极度缺氧。入口通常为长宽均等的正方形，下面搭上台阶或直接在墙壁上凿洞方便人进出。平时不用的时候就用一块厚重的铁板盖住，上面再盖一床废弃的被子防止冷气侵入。

这种菜窖不用供暖，温度可以保持在0~5℃，随取随用，被人们称为"四季冰箱"。把买来的大白菜存进菜窖，就可以安心过冬了。

于是整个冬天，在每一位母亲的巧手之下，价格便宜又便于储存的大白菜以各种姿态出现在家家户户的餐桌上，支撑着那些并不丰裕的日子。白菜馅饺子、凉拌白菜、醋熘白菜、白菜猪肉炖粉条或白菜猪肉炖豆腐等，除了果腹之外，口感新鲜、爽滑的大白菜更是农人的好伙伴。

中国人讲究过年，过年象征团圆。在农村，白菜猪肉馅儿饺子通常要从除夕吃到初五。吃饺子要蘸醋，山西是醋之乡，对过年吃饺子的醋也尤为讲究，老人们把这种醋叫蒜醋，由腊八蒜浸制而成。

腊八蒜做法极其简单，将蒜瓣去皮浸入地产陈醋中，装入小坛或小罐封严。慢慢地，泡在醋中的蒜就会变绿，最后会变得通体碧绿，如同翡翠碧玉。到除夕当天打开封口，绿蒜瓣辣香，醋酸香，两种香汇聚在一起扑鼻而来，伴着美味可口的白菜猪肉馅儿饺子，常让人大快朵颐。

如今，年轻的北方人早已不囤白菜了。毕竟过冬的白菜放久了会流失水分，外面几层菜叶会干，影响口感，外加现在物流仓储的便捷，以及网购、超市的普及，舌尖上的南北美味已经同步，各种蔬菜随吃随买，新鲜又方便。

那种囤白菜的乐趣、激情和忙碌也随之尘封在童年的记忆里。可就算这样，白菜在北方冬天蔬菜界的王者地位仍不可动摇。无论生活怎样变迁，家里的大小筵席上，一道白菜烹制而成的美食总是不可或缺。

第五节 小 寒

辣椒：川蜀记忆

俗话说："热在三伏，冷在三九。"小寒正处在三九前后，其寒冷程度可想而知。各地流行的气象谚语可佐证。如华北一带有"小寒大寒，滴水成冰"的说法，江南一带则有"小寒大寒，冷成冰团"的说法。

小寒节气的常州寒气逼人，空调吹久了皮肤干燥，于是只好压两床被子以取暖。似乎懒总是因冷而生，一切都毫无生机。早晨赖在被窝时，我就在想：要是这时来一顿热腾腾的火锅该有多好。

好巧不巧，单位派我与几个同事到四川出差。

伴着雾霭与青山，我们一行人来到了成都。刚下飞机，一股暖流迎面扑来，犹如川妹子直爽、激情澎湃的性情，不矫揉造作，不欲说还休，让人直呼过瘾，似乎冬天也没那么冷了。

"不要放辣，不要辣。"到了四川，必定要品尝地道的成都火锅，只见那红浪不断翻滚，辣气四溢。即使临行前做好了吃辣的准备，但想象中的辣和现实中的辣仍有很大区别；即使临近的清汤锅没有放辣，但仍弥漫着辣味，这能让你整个口腔都感受到辣的味道，让你呼吸、喝水都有舌头发麻、火热的感觉。

有人说，四川的辣是溶在水里的，悠久、绵长，让你无处可逃。

在不喜辣的我看来，四川的辣更是一种味觉，让你看了、闻了便想打喷嚏，肠胃开始叫唤，发出各种不自在的抗议声。

中国素有"北咸、东南甜、西辣"的说法。气候干燥食为咸，气候湿热食为甜，气候潮湿食为辣。江浙一带的人们食物以甜为主，尤其是苏州、无锡一带，炒菜里面喜欢加糖，为此，炒出来的菜不论是牛肉，还是香肠，抑或是鸡蛋，或多或少都会带一丝甜味。在江浙生活久了，对这样的口味倒也习以为常了。

四川位于云贵川高原之上，来自南部的湿润气流加上高原上的冷风，形

成了冷湿风带，常年居住在此会得体寒病。所幸大自然有着一环扣一环的妙招，那里的辣椒拥有最干烈的性质，聪明的四川人发现这干烈的辣椒不仅能帮人们驱赶湿寒，还能调出美妙的味道。于是，辣椒文化产生了。

"看菜吃饭"，每到吃饭时吃点辣椒，能使人心跳加快，毛细血管扩张变粗，血液加速，全身冒汗，身上的寒气湿气被驱赶出体内，感觉有阵阵暖意袭来，这便是中医所说的辣椒温中下气、开胃消食、散寒除湿的功效。

不到四川，不知辣椒的魅力。把辣椒当成一种蔬菜食用已成为四川人的一种饮食习惯。青椒肉丝、宫保鸡丁、辣子鸡、回锅肉、麻辣鱼、麻婆豆腐等，很多辣的美食都来自这里。

在一次闲聊中，四川友人说道："做川菜该用什么辣椒，辣到什么程度，颇有讲究。一般做菜用的辣椒分为干辣椒、鲜辣椒、泡辣椒、辣椒面、辣椒段、辣椒油、青辣椒、红辣椒……虽然归根结底一个辣味，可如果不懂这些规矩，就像吃西餐用错了刀叉，即使吃到了嘴里，也不免被人笑话。"

在川菜中，辣椒的运用已经到了一种烹调艺术的高度。

我们此行的终点是到古蔺二郎镇参观郎酒生产基地及酿造工艺。

"幺妹儿，来尝尝我们古蔺的麻辣鸡，这可是当地最有名的吃的呦。"好客的酒厂负责人向我们推荐道。

"要的，要的。"即使再怕辣，对于美食，我和同事仍然决定试一下。

古蔺县地处四川泸州，古为"蔺州""落洪"。麻辣鸡是古蔺人祖祖辈辈传承下来的一种卤制小吃，以鲜、香、麻、辣著称。正宗的古蔺麻辣鸡在制作上颇为考究，县内各家麻辣鸡风味之所以能自成一家，卤水最为关键。配制卤水的用料不同、用量不同，卤制后的口感便不同。因此，在古蔺县内，有点年头的"麻辣鸡大家"都会将自家的卤水配方当作"绝密文件"，一般不对外透露。

辣的足迹遍布四川的犄角旮旯、一草一木、一山一水。

二郎镇是古蔺县下辖的一个镇，属先秦时代"夜郎"的疆域。因当地生产郎酒而得名。天宝洞是一个天然溶洞，有着奇幻的喀斯特地貌特征，也是世界上最大的天然储酒库。走进酒窖，只见近百米过道的两侧整整齐齐排列着如水缸一样大的密封酒坛，好似秦始皇兵马俑，蔚为壮观。酒坛上面长着厚厚的灰暗的酒苔，让人心生赞叹，人类总是用自己的智慧创造着奇迹。

"酒香不怕巷子深"，深入四川南部边缘的郎酒经过多年的发展，走进了千家万户，走出了国门，它犹如辣一样陪伴着人们，是当地老百姓维持生计不可或缺的支柱产业。对于我来说，二郎镇之行并不只是常规性的采风，更是一名消费者对生产者的探访，虽千里迢迢、路途艰辛，却收获满满。

几千年来，川蜀大地独特的辣味、辣文化每时每刻都飘荡在城市的大街小巷中，经久不衰。

山楂：山里红，山楂红

"小寒大寒，冷成一团。"小寒时节，天寒地冻，冰雪白霜，漫长的隆冬在人间慢慢修整蛰伏，时刻准备迎接新的开始。

"今朝佛粥更相馈，更觉江村节物新。"2017 年 1 月 5 日，当小寒节气撞上腊八节，一锅热气腾腾的腊八粥便是我们盛大的"敬奉天地祖先神明"节日的序曲。

腊八，念家。到了江南后方知，腊八粥也有南北之分。准备薏仁、燕麦、紫米、山楂干和核桃仁，洗米、泡果、剥皮、去核、精拣，中火翻滚，慢火煮炖，关火搅拌，每一道工序都必不可少。对土生土长的北方人来说，还是一碗甜蜜蜜的燕麦山楂腊八粥来得服帖。

腊八粥里放山楂干，爱吃咸粥的江南人一定想不通这其中的深意。俗话说："欲得长生，肠中常清。"人们将山楂放在粥里便是这个用意。山楂消食健胃之功效绝非其他果蔬能比。

红彤彤的山楂是冬季北方人不可或缺的水果之一。冰糖葫芦、山楂糕、山楂片、山楂卷、山楂果脯、山楂罐头、山楂粥、山楂丸等，无论是食用，还是药用，几千年来，它总是在人们的餐桌上占据着一席之地。

20 世纪 90 年代的农村很热闹，即使在深宅大院，也能听到巷弄里小贩"糖葫芦儿，糖葫芦儿"的吆喝声，一支支穿满晶莹剔透红果的竹签，一律乱箭般插在稻草秸捆扎成的草靶上，微微探出街头，诱惑着来往的行人。那是个温暖的时代，风清天蓝，干干净净，孩童的世界里写满了纯真和美好。

　　放学后，在我的不断央求下，能吃到父母给买的0.5元一串的糖葫芦便会异常幸福，朝着晶莹透亮的红果一口咬下去，只听得一声嘎嘣脆，甜里透酸、酸中带甜、甜而不腻、酸不倒牙、唇齿留香等种种甜美瞬间袭来。偶尔，我来不及擦拭，嘴角留有红色的碎渣，惹得父母一阵大笑。

　　"糖葫芦好看它竹签儿穿，象征幸福和团圆，把幸福和团圆连成串，没有愁来没有烦。"一串糖葫芦与人的一生颇为相似，因为有了酸的衬托，所以才更珍惜它的甜，人生亦是如此，只有经历了，才更为珍惜。

　　记忆中的姥爷瘦高个儿，耳背，头上常箍着一块白头巾，由于在家中排行老五，所以人们都叫他"聋五儿"。山楂片是姥爷极爱吃的一种零嘴。每年冬天农闲时，姥爷会来我家小住，于是我和妹妹便将零花钱攒下来买山楂片给他吃。

　　"姥爷，姥爷，我给你买了山楂片，放在锅舍（锅舍：榆次人说"家"的方言）了。"

　　"你说甚了？偶没听清。"即使我吼破了嗓子，即使左邻右舍都听到了我讲话的内容，姥爷仍是听不清。于是我只好将锅舍的山楂片拿出来给他看，他这才心领神会地点点头。

　　我观察过，80岁的姥爷吃山楂片时不嚼，而是拿一片直接放在嘴里，慢慢儿地含着。喉结在吮吸到酸甜味后，一上一下有节奏地滑动着。姥爷这样特殊的吃法，不知是年事已高牙口不好嚼不动，还是他想细细品尝外孙女的一片孝心。

　　大二那年，我的零花钱从初高中时的一个月10块涨到了一个月100块，这对于我来说是笔巨款，虽说除去三餐等基本开销外所剩无几，但我终于可以拿更多的零头去给姥爷买山楂片了。当我买回口感好、价格贵的"维之王"山楂蜜饯时，姥爷却永远离开了我。

　　小寒，寒风瑟瑟，冷气逼人。腊八粥的甜糯是每个人心中的年味，是无法忘记的家的味道；糖葫芦的香甜是农村与城市的交织，里面藏着纯真，留有亲情；山楂片的软绵则让我一直怀念那个箍着白头巾、走起路来慢悠悠、习惯在村口等我回家的耳背老人。

第六节 大 寒

柚子：小柚子大用处

"蜡树银山炫皎光，朔风独啸静三江。"大寒乃是二十四节气中的最后一个，这会儿的人们正忙着赶年集、买年货、写春联，准备各种祭祀供品，扫尘洁物，迎接春节的到来。在诸多年货中，象征除去霉运、带来好运势的与"有"谐音的柚子自然是少不了的。

剥开黄澄澄的外皮，撕掉棉茸茸的白衣，露出一瓤瓤白玉梳子般的柚肉，咬上一口，顿时酸甜透心，清香满口，躁动的肝火被压下去不少。

在冬枣、石榴、橘子等时令水果中，柚子算是地摊上个头儿最大的，它味美、耐存、营养丰富，买它的人可不少。地摊是最朴素的售物方式，随意在路边找块地界，摆上自家园里生长的果蔬，或是从更远些地方贩来的商品，可以吆喝，也可以沉默。每每目视琳琅玩物，或是手指触碰密集叠加的衣物，就有种现世安稳的快乐，一颗心如饱喝热茶般熨帖。

虾有虾路，蟹有蟹路，都在世间讨碗饭吃，素有"天然水果罐头"美称的柚子便是这样朴实。其貌不扬的它也早已走入寻常百姓家。先秦《诗经》有云："小东大东，杼柚其空。"《楚辞·七谏》云："斥逐鸿鹄兮，近习鸱枭，斩伐橘柚兮，列树苦桃。"

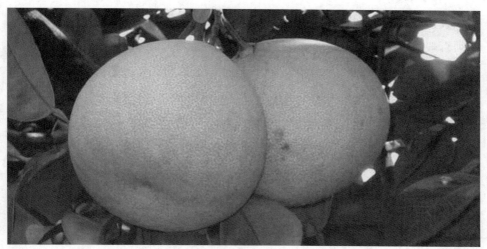

除去食用，柚子还是古时妇女的天然护肤品。"窈窕淑女，君子好逑"，在古代，由于保养品少见，因此妇女们便将柚子皮的精油挤出，直接擦抹于头上保养头发，或将精油挤到大水盆内，泡个柚子精油浴。"时间不会倒流，金柚却能时光逆颜。"现代人深知柚子美容养颜的良好功效，于是"柚子舍"这一专业护肤品应运而生。青柚保湿，苦柚控油，金柚抗衰，白柚美颜。随着现代科技的飞速发展，以及人们对美的重视，使柚子变得更加举足轻重。

吃过了酸酸甜甜的柚子肉，芳香沁人的柚子皮你会怎么处理？是直接扔掉，还是变废为宝？事实上，柚子皮的功效也很多，既可祛除新房新车的怪味，又可做茶饮，还可入菜。取一西柚将外皮切成丝，将柚子肉撕碎，加入冰糖并用中小火熬煮成浓稠状态，放温凉后加入适量的蜂蜜混杂调制，一罐香甜可口的蜂蜜柚子茶便制作而成了。《本草纲目》记载："饮食，去肠胃中恶气，解酒毒，治饮酒人口气，不思食口淡，化痰止咳。"在我国以及日本、韩国等国家都有喝柚子茶的习惯。

"花木管时令，鸟鸣报农时。"生活，向外的一面给人看，鲜衣怒马，锦衣貂裘，冲里的一面大可实惠方便。我们这样的普通人，生活缺少围观者，无须百般装模作样，正如柚子朴实无华，在地摊寻得生机，点缀寻常生活。

"小寒不如大寒寒，大寒之后天渐暖。"过不了多久，冬雪将融，春风将至。我仿佛看到春风里，柚子树上开出了满满一树洁白的花朵，花瓣一天一天地凋谢、飘落，紧接着，枝叶间冒出数不胜数的小果，一、二、三、四、五……数也数不清。直至秋风来袭，柚子开始变黄、成熟、摘下、装车，最终来到了地摊，成了食客的舌尖美食。

四季轮回，生命如此富有玄机。生活虽饱经风霜，但请你相信，风霜过去，便会春暖花开，有滋有味，越吃越有，大柚大有。对于即将到来的春天。你准备好了吗？

橙子：果果的心想事"橙"

2018年1月22日，大寒节气过后的第二天，一场大雪带着千般画意、万

种诗情来到江东福地——金坛。江南，晴不如雨，雨不如雪。在江南，遇见雪是一种惊喜，它婉约成一首诗，清雅成一阕小令。

漫天白雪似凝固了岁月，惊艳了时光，扬扬洒洒从天空飘落了下来，再配上江南山镇的粉墙黛瓦、粉妆玉砌，宛如世外桃源，美不胜收。湖面上的灯组也盖上了一层厚厚白雪，如仙境一般，似乎惹得仙女也要下凡来看看这人间天堂。

银装素裹，蜡梅染雪，七彩花布伞和活泼跳脱的孩童构成了一道亮丽的风景线。

果果，小儿乳名。你的到来犹如这室外的雪一样，让我们的世界重回纯真、美好。今年你虽虚龄 5 岁了，却是第一次看见雪。漫天大雪从天空洒下来时，惹得你一阵羡慕。耐不住你的央求，只好为你戴好帽子、手套，父子穿上雨鞋，备上小桶、小铲子，出门去玩雪。

厚约 21 厘米的雪，你踩在上面，整个腿全部没在雪里，深一脚浅一脚地迈进迈出，外人看着艰难，你却怡然自得。看着露天停车场的车辆纷纷穿上了厚厚的白大褂，你忍不住去触碰，留下小小的手掌印，还美其名曰："我要把它们尾巴上的衣服全部给脱掉，它们穿这么厚，司机叔叔就开不走了。"

孩童的世界总有我们大人想不到的乐趣和纯真。

"妈妈，我要吃橙子。"你玩累了，便跑回家，看到你头上冒热气、羽绒服全部湿透的样子，我忍不住笑了起来。

橙子是你的最爱。

每天，你都会吃一个橙子或者喝一杯酸酸甜甜的橙汁。橙子橙黄椭圆的外形让你倍感亲切，偶尔会拿起它当皮球拍半天，直到把它的皮拍软，你有些精疲力竭，在我的勒令下，你才会停止。而我则希望橙子中丰富的维生素 C、胡萝卜素、钾、钙等增强你的抵抗力，让你的身体长得倍儿棒。

只是时光飞逝，一眨眼，你已是一个小大人。还记得当年你刚出生时，我们的欣喜犹如你初见雪时的惊喜与激动。

刚出生的你软软的，柔柔的，就像一个小肉球。眉眼眯成一条线，皮肤发红，鹅黄色的包布包裹着你的身体，你就这样侧睡在婴儿床里面。偶尔鼻子发痒，你会抬起小胳膊缓缓地向上挠一挠。晌午时分，我们轻轻地把你推在窗户附近，让你晒晒太阳，这会儿，阳光斜射了进来，红扑扑的小脸反衬着光，温暖且和煦，煞是好看。而你也的确是一个漂亮小伙，"天庭饱满，地阁方圆"，眉宇间透着机灵。得空，我就会趴在婴儿床边上，一动不动地盯着你。纯净的脸庞、平稳起伏的小鼻翼和抿得紧紧的嘴唇，卷曲的睫毛偶尔悄然一动……奶白色的小枕头仿佛会说话的兔子一样，它悄悄告诉我，能够成为我们家的一员，你也很开心。

五年来，你的一切对我充满了吸引力，看着你，我知足且幸福满溢。

"有两只橙子，迷失在沙漠，他们非常非常口渴。"爱吃橙子的你，也爱看动画片《橙子故事》。这两只全世界最会吐槽的橙子，他们奇异的沙漠冒险之旅让你咯咯大笑。"我也好想坐上火车去买玩具，我们买个托马斯好吗？妈妈。"你总是带着欢乐，穿越在迷雾当中，同我一起分享其中的乐趣，让为琐事烦恼的我破涕为笑，内心不再孤独。

现在我又给你买了《我亲爱的甜橙树》。这是一本关于爱的书，故事里的泽泽出身贫苦，甜橙树是唯一可以和他说话的好伙伴，会为他解忧、为他遮风挡雨。或许在别人眼里，你是个调皮的恶魔，但在我的眼里，你却是小天使。我希望有一天你能够和泽泽、小甜橙一样长大，带给别人快乐和温暖。

"我喜欢甜橙树，明天你会给我讲这里面的哪一节故事啊？妈妈。"

"我们讲'奇怪而温柔的请求'这一节，怎么样？"

雪纷纷地飘，像天堂里的小天使舞着轻盈洁白的翅膀，在空中旋转、飞舞，来到人间。她悄悄地飘到树枝上，飘到小草上，飘呀飘，使大地银装素裹。她调皮地落在孩子热乎乎的手掌上，慢慢化为雾气，将欢笑送往远方。正如你，你给我欢，给我喜，给我忧，给我伤，让我的人生更加完美。作为母亲，我愿你在追求完美的人生中不断成长。此刻，我早已迫不及待地想带你去飞翔，去看雪景，看蓝天，看世界，感知生活的美好，一起同你心想事"橙"。